잃는 것과 얻는 것

PERDAS & GANHOS

잃는 것과 얻는 것
PERDAS & GANHOS

리아 루프트 지음
박원복 옮김

21세기북스

나는 여섯 살 때부터 광적으로 그림을 그려댔다. 나이 오십쯤 되어서는
아주 많은 그림을 세인들 앞에 내놓았다. 하지만 내가 환갑이 되기 전에 그린 것들은
모두 그다지 내세울 만한 것이 못 된다. 일흔셋이 되어서야 나는
풀, 나무, 강아지, 물고기, 벌레 등 진짜 자연의 구조를 어느 정도 이해하게 되었다.
이로 미루어 아마 여든이 되면 훨씬 더 많은 발전을 이룰 것이다.
그리고 아흔이 되면 사물의 신비한 세계 속으로 파고들어갈 것이다.
백 살에는 분명, 어떤 경이로운 경지에 도달할 것이다.
그리고 백십이 될 때면, 나에게 있어서 그것이 한 점이든 또는 한 선이든,
모든 것이 살아 있는 그 무엇이 될 것이다.

– 가츠시카 호쿠사이

남자가 밖으로 나가기 위해 차 열쇠를 집어들 때 초인종이 울렸다. 이미
출근 시간이 많이 늦었기에 그는 신경질을 내며 문을 열었다.

　　—누구시죠?

남자같기도 하고 여자같기도 한, 흑인이면서도 금발인 낯선 청년이 문
앞에 서 있었다.

　　—당신을 데리러 왔습니다.

더 이상 설명할 필요가 없었다. 남자는 그 청년이 죽음의 전령이며 그를
피할 방법이 없다는 걸 알았다.

　　—뭐라고요? 그게 무슨 말씀입니까? 아무런 예고도 없이 이렇게
오다니요? 정리할 틈도 안 주는 건가요?

천사는 선하면서도 사악한 미소를 띠며 한숨을 쉰 뒤 말했다.

　—이 세상에 나를 다정하게 맞아주는 사람은 아무도 없군요. 떠날 준비가 되어 있는 사람이 단 한 명도 없다는 건가요? 당신이 맞습니다. 당신은 이제 겨우 마흔 살이니까. 하지만 여든이 된 노인도 나와 함께 가기를 거부하니…….

남자는 윗주머니에서 꺼낸 자동차 열쇠를 더 힘주어 쥐고는 진지하게 말했다.

　—나에게 정리할 시간을 주세요.

천사는 가엾은 마음이 들었다. 그 덩치 큰 남자는 정말로 공포에 질려 있었던 것이다.

　　—좋아요. 이번에 나와 함께 떠나지 못할 피치 못할 이유를 세 가지 든다면 기회를 주도록 하죠.

남자는 자세를 똑바로 했다. 분명히 그는 일이 잘 풀릴 것이라고 확신했다. 그는 협상에서는 항상 유리한 결과를 얻어왔으니까. 하지만 그 세 가지 이유, 아니 그 이상의 이유를 장황하게 늘어놓기 위해 입을 열었을 때 천사가 위엄 있게 손가락 하나를 들어 올리더니 다음과 같이 말했다.

—잠깐! 세 가지 좋은 이유를 대기 전에 말인데…… 자신의 사업
을 아직 더 궤도에 올려놓아야 한다든가, 가족이 아직 건실하게 안정을
찾지 못했다든가, 자신의 부인이 아직 수표에 사인을 할 줄 모른다든가,
자식들이 사회현실에 대해서 너무도 모른다든가 하는 따위는 아무 소용
이 없다는 걸 알길 바랍니다. 나의 관심사는 바로 당신이니까요. 무엇 때
문에 내가 당신을 이 세상에 좀 더 놔둘 필요가 있다는 건지 그 이유를
설명해보세요.

내가 얻은 것의 일부인 파비아나와 페르난다
– 그리고 호드리구에게

지금 이 순간

나는 한 쌍의 날개나
어느 창 덧문의 창살이 그려진
모래사장이 아닙니다.
나는, 매번 다른 모습으로 재탄생하는 해변에서
이 세상의 파도에 휩쓸려 구르는 돌만은 아닙니다.
나는 인생의 조개껍질에 귀 기울이고 있는 귀이며
쌓아 올려진 건축물이자 그것의 해체물입니다.
나는 나 자신의 종이자 주인이며
미스터리입니다.

우리는 네 개의 손으로, 자기 시간의 무대를 위해
각본을 씁니다.
나의 운명과 내 자신.
우리가 항상 세련된 것만은 아니며
또 항상 스스로를
진지하게 생각하는 것만도 아닙니다.

산다는 것은

이것은 어떤 책일까요?

아마도 이 책은 1996년에 출판된 《가운데의 강》이라는 책을 보완한 것일지도 모르겠습니다. 같은 선상에서 쓰인 이 책은 내가 주로 쓰는 주제 가운데 몇 가지를 거듭 다루고 있습니다.

나의 모든 작품은 여러 주제와 나의 생각을 절충한 것이거나 아니면 그것을 반복하여 고찰한 것들입니다. 그러기에 나의 책에서는 같은 줄거리와 인물들이 새로운 가면을 쓴 채 여기저기를 기웃거립니다. 그 이유는 아마 그것들이 내 안에서 소진되지 않았기 때문입니다. 그것은 아마도 내가 마지막으로 쓸 책의 마지막 줄까지 계속될 것입니다.

그렇다면 이것은 과연 어떤 책일까요?

나는 이 책을 '수필'로 분류하고 싶지 않습니다. 그 용어가 암시하는 엄숙한 톤과 이론적인 근거가 내 방식에 속하지 않기 때문입니다. 분명 이 책은 소설(romance)도 아니고 픽션(fiction)도 아닙니다. 또한 가르침을 주는 것도 아닙니다. 나는 여러분에게 어떤 가르침을 드릴 것이 하나도 없습니다.

수없이 많은 인간의 활동분야에서 새로운 이름을 필요로 하는 새 일이나 창작 방식은 자주 나타납니다. 그러므로 이 책에 여러분 각자가 원하는 이름을 붙이도록 하십시오.

나 스스로 무척 기쁘게 생각하는 것은 내가 독자 여러분의 귀에 대고 속삭이고 싶은 말들이 있다는 것입니다. 나는 그 말들을 소설이나 시로 씁니다. 그것은 곧 독자 여러분더러 나에게 다가와서 함께 생각해보자고 하는 초대이기도 합니다. 내가 쓰는 글들은 지나온 인생의 굴곡이자 양지와 음지의 흔적들입니다. 바로 내가 성숙해온 과정에서 탄생한 것들입니다. 나는 그 속에서 우리가 살면서 잃기만 하는 것이 아니라 얻는 것도 있음을 깨달았습니다.

그렇게 잃는 것과 얻는 것의 균형을 맞추다 보면, 우리가 과연 잃는 것은 무엇이고 또 얻는 것은 무엇인지를 제대로 구별할 줄 아는가, 그리고 잃는 것과 얻는 것을 진정으로 구별하고 싶어하는가에 삶이 많이 좌우된다는 것을 알게 됩니다.

나는 명망 높은 피아니스트이자 친구인 한 남자를 만나서, 내가 어떤 책을 쓰기 시작했지만 새로운 일을 시작할 때는 항상 그렇듯이, 아직 그 책에 적합한 '톤'을 찾지 못했다고 말했습니다.

그는 얘기가 재미있다면서 "작가가 톤을 찾고 있단 말이지?"라고 되물었습니다. 그 말에 우리는 함께 웃었습니다. 왜냐하면 결국 우리 두 사람이 같은 것, 다시 말하면 두 사람이 함께 나눌 대화의 톤을 찾고 있음을 막 깨달았기 때문이었습니다. 그것은 우리의 언어와 예술의 톤이자—이것은 누구에게나 통하는 것이지만—바로 우리가 가지고 있는 삶의 톤이기도 했습니다.

당신은 어떤 톤으로 살기를 원합니까? (나는 아직 우리가 어떻게 생을 살도록 선고받았는지에 대해서는 묻지 않았습니다.) 이따금 우리는 약간 우울한 '톤'으로, 또는 좀 더 밝은 톤으로, 때로는 다급하고 피상적으로, 그렇지 않으면 사색의 순간들과 함께 기쁨과 희열을 넘나들며 살기를 원합니다. 즉, 우리는 단지 표면만을 내달리면서 살기를 원하거나 이따금 깊은 물속에 가라앉아 살기를 원합니다. 아울러 주위의 소음에 정신을 팔거나, 아니면 말을 잠시 멈추거나 침묵하는 가운데 자신의 목소리와 타인의 목소리를 경청하며 살기를 원합니다.

우리의 톤은 의혹과 불신의 톤일까요? 아니면 그것 너머의 풍경을 향해 열려 있는 베란다와 같은 것일까요?

그것이 무엇이든 그 일부는 우리에게 달려 있습니다.

오케스트라를 구성하는 악기 차원에서 보면 우리는 —숙명과 유전, 우연성을 지닌— 세련된 연주자요, 예술가입니다. 물론 그 이전에, 우리는 자신의 악기를 갈고 닦아 만드는 기술공입니다. 그것은 일을 더욱 어렵게 만들기도 하지만 반면에 훨씬 더 자극을 주기도 합니다.

나는 지금 컴퓨터 앞에 앉아서 내가 찾아내야 할 이 책의 톤에 대해서 생각하고 있습니다. 나는 이 시작의 순간에 그 톤을 느끼고 있으며, 그것은 곧 독자에 대한 작은 속삭임을 의미합니다.

"제게로 와서 저랑 함께 깊은 생각에 잠겨봅시다. 그리고 제가 의문을 가지고 연구하고 조사를 하는 데 도움을 주시기 바랍니다."

이 책은 읽는 사람에 따라 잔인한 책으로도 보일 수 있습니다. 나는 우리 각자가 중요하고 선하며 능력 있는 존재라고 말합니다. 하지만 그와 동시에 나는 우리가 종종 아주 무익한 존재이며 지나치게 속물적이라고도 말합니다. 나는 우리가 일반적으로 자신에게 허락하는 것 이상으로 행복해질 수 있다고 말하면서도 그것에 대하여 우리가 지불할 대가에 대해서는 두려움을 가지고 있다고 말합니다.

그러니까 우리는 겁쟁이라는 뜻입니다.

하지만 이 책은 희망이 가득한 책이 될 것입니다. 저는 행복이란 언제나 가능한 것이며 사랑도 가능한 것이라고 믿는 사람 중 하나입니다. 인생에는 불화와 배신만이 존재하는 것이 아니라 온정과 우애, 연민과 윤리, 미묘한 감정이라는 것도 존재한다고 믿는 사람 중 하나입니다.

나는 우리가 이 세상에 존재하는 동안 최소한 '행복해지는 것'이라고 부르는, 여태껏 믿지 않았던 것을 배울 필요가 있다고 생각합니다. (내 이야기를 듣는 사람들 중에 이러한 낭만적인 주장을 들으면서 눈살을 찌푸리는 분이 계시는군요.)

물론 각자가 자신만의 개성을 가지고 있으며 자기 나름대로의 길을 갈 것입니다.

다양한 사랑의 관계를 포함하고 있는 인간관계에서처럼 예술도 물길을 거슬러 올라갑니다. 우리는 불가능한 것을 하려고 애를 씁니다. 그 어느 것에서든 완전한 합일은 있을 수 없으며 완벽한 나눔 역시 불가능합니다. 본질적인 것은 공유될 수 없는 것이니까요.

유감스럽게도 그것은 각자가 고독하게 발견합니다. 그 결과는 영광이 아니면 파멸입니다.

하지만 여느 예술 작품과 마찬가지로 어떤 대화나 침묵, 눈길, 사랑의 제스처 속에서 틈새가 열릴 수 있습니다. 그러면 아티스트와 관객 혹은 독자는 마치 한 쌍의 연인처럼 그 틈을 염탐하게 됩니다.

이처럼 우리는 힘겹지만 어려움을 무릅쓰고 앞으로 나아갈 것입니다. 바로 이 때문에 나는 글을 쓰는 것이고 또 앞으로도 계속 글을 쓸 것입니다. 그리하여 나의 상상의 독자—어린 시절 상상 속의 친구를 대신하는 존재일까요?—들로 하여금 자신에게 주어진 시간을 가지고 과연 내가 뭘 하고 있는지, 스스로에게 많은 질문을 던지도록 부추길 것입니다. 또한 그러한 과정에서 나와 그 의문들을 공유하도록 자극할 것입니다.

산다는 것은—마지막 생각과 마지막 시선까지—스스로를 변화시키는 것이기 때문입니다.

내가 여기서 이야기하고 있는 것은 단순한 망상들이 아닙니다. 나는 나의 시간을 살고 있는 한 여자입니다. 그리고 나는 내가 할 수 있는 방식을 통해 그 시간의 증인이 되고자 합니다. 그래서 환상들을 펼쳐가며 고통과 혼란, 모순과 위대함에 대하여 이야기할 것입니다. 또한 질병과 죽음에 대해서도 이야기할 것입니다. 아울러 부적절한 시기에 했던 말과 말했어야 할 때 오히려 침묵했던 경험도 언급할 것입니다. 나는 우리에게 벌어지고 있는 일들에 대한 책임이나 결백함, 그것을 이야기할 것입니다.

우리 모두는 우리가 선택한 것과 빠뜨린 것, 무모한 행위나 상황에 안주한 것, 희망과 우애 또는 우리 자신이 믿지 않았던 것들의 상당 부분을 직접 행한 사람들입니다.

어쨌든 항상 '지금 이 순간'을 어떻게 이용하고 맛볼 것인가를 결정하는 것이 가장 중요합니다. 하지만 우리가 사랑하는 가까운 사람들, 건강, 직업, 안전, 이상 등을 언제 어떻게 잃게 되는지 알 수 없습니다. 동시에 이와 같은 숙명과 예기치 못한 것에 대해서는 책임이 없고 결백합니다.

인간에 대한 나의 시각과 나 자신에 대한 시각은, 우리 인간의 본질이 그러하듯이 이처럼 모순투성이입니다.

우리는 잠시 어느 지점을 통과해가는 존재이자 하나의 과정입니다. 그런데 그것이 우리를 혼란에 빠뜨립니다.

날이 가고 해가 가고 수십 년이 흐르는 것, 그것은 우리로 하여금 무언가를 잃게 하고 또 제한합니다. 하지만 그와 동시에 우리를 성장케 하고 무언가를 축적하는 데 도움을 줍니다. 그러므로 우리는 종이 아니라 주인입니다. 우리는 인간입니다. 무슨 일인지도 모르면서 놀라 달아나는 작은 동물들이 아닙니다.

결국에 가서는 나의 일부가 되는 다른 사람의 얼굴에 대하여 내가 여태까지 단 한 번도 곰곰이 생각해보지 않았다고 하더라도, 독자와 내가 서로의 톤에 대하여 합의를 본다면 앞부분에 쓰고 있는 이 독백은 이제 대화가 될 것입니다.

그렇게 되면 나의 예술은 어떤 형태의 목적을 달성하는 셈이 됩니다.

거실 구석의 희망

오해 또는 사랑의 결실이기도 한

나는 바로 내 자신의 모순에서 태어납니다.

입의 윤곽, 손의 형태, 걷는 방식들은

(꿈과 두려움을 포함하여)

이미 나를 형성케 한 것들로부터 올 것입니다.

하지만 내가 거울에 그리는 그 무엇 역시

내가 욕망하는 바에 따라 모양을 갖출 것입니다.

나는 한 쌍의 날개를 가질 것입니다.

그 날개는 내가 성장하도록 그늘을

만들어준 것들로부터

날아오를 것입니다.

— 마치 나무 아래 있는

풀 한 포기와

거기서 피어나는 꽃처럼.

자연스러운 존재

이 세상은 그 형태를 바라보는 시선이 없거나 그것의 질서를 파악하고 해석하는 생각이 없다면 아무런 의미를 갖지 못합니다.

이것은 놀라운 발상입니다. 우리는 자신의 관점에 따라 인생을 살아갑니다. 그리고 그 관점과 더불어 생존하기도 하고 난파당하기도 합니다. 이 세상에 대하여 마음을 여느냐 닫느냐에 따라 스스로 폭발하거나 아니면 얼어버리고 맙니다.

그렇다면 무엇이 우리의 그러한 관점을 형성하는 것일까요?

우리의 관점은 어린 시절에 형성되기 시작합니다. 그것도 어린 시절의 어떤 결핍과 더불어 형성됩니다. 그 결핍이란 말로 설명할 수 있는 것이 아닙니다. 비록 충분하게 가족의 사랑을 받고 자랐다고 할지라도 우리는 어린 시절에 어떤 근본적인 불안함을 경험합니다. 주변의 따뜻한 보호를 받는다고 할지라도 피할 수 없는 어떤 숙명과 예상치 못한 일들에 노출돼왔습니다. 그 어떤 것도 완벽하게 보호해주지 못합니다.

어린 당신은 결국 자신을 둘러싸고 있는 것과 아직 자신을 기다리고 있는 것들에 대해 스스로 벽을 만들어 세워야 하며 그와 동시에 다리를 놓아야 합니다. 만남과 이별, 두려움과 희열로 이어지는 그 모든 내용은 존재 자체가 품고 있는 근본적인 재료입니다. 이것은 당신이 태어나기 전에 이미 시작됐습니다.

하지만 우리는 거친 파도 앞에서 마냥 손을 놓은 채 난파되기를 기다리는 사람이 아닙니다. 우리는 그 격랑을 적극적으로 헤쳐나가야 할 사람들입니다.

바로 거기에 비극이 있습니다. 우리가 보다 나은 쪽으로 변화하려는 과감성을 갖고 있지 않거나 우리의 내부에서 그 과감성을 찾지 못한다면 그것은 자신의 재능을 썩히는 일이자 인생을 허비하는 것과 다를 바 없습니다. 그것은 어느 순간이든, 어느 나이든 간에 마찬가지입니다.

어린 시절부터 '당신'을 가꾸어가는 것, 그것은 성숙기에 기둥을 만들고 노년기에 지붕을 올림으로써 절정에 이릅니다. 설사 그것이 쇠락해 보이더라도 성공의 대관식과 같은 것입니다.

그러한 공사를 하는 동안 우리는 많은 사람들과 손을 마주 잡습니다. 우리는 성숙기에 접어들면서 그들로부터 벗어나 하나의 독립된 인격체를 완성해갑니다. 다시 말하면 스스로가 원하는 자기의 모습, 그렇게 되어야만 하겠다고 생각하는 모습, 그리고 응당 그럴 자격이 있다고 생각하는 사람의 모습을 구축하고 완성해갑니다.

영혼과 육체의 집이기도 한 그 모습 속에서 당신은 단순히 이리저리 떠도는 꼭두각시가 될 수도 있지만 그와는 반대로 스스로 생각하고 자신의 인생을 결정하는 투사가 될 가능성도 높습니다.

한 인간, '하나의 자신'을 만들어내는 것은 휴가도 휴식도 없는 노동과 같습니다. 그 과정에서 기둥이 허약할 수도 있고 계산이 잘못될 수도 있으며 아울러 균열이 생겨날 수도 있습니다. 또 그 가운데 일부가 무너질 수도 있을 것입니다. 하지만 그렇게 만들어진 집에는 바깥 풍경을 향한 창문과 태양을 향한 베란다도 같이 열릴 것입니다.

그것의 결과물은 ―주거용 집 혹은 폐가가 될 수도 있지만― 당신에 대해 남들이 생각하는 것과 당신 스스로 자신에 대해 생각하는 것을 합한 것입니다. 또한 그 결과물은 남들이 당신을 얼마나 사랑했는가와 자신이 스스로를 얼마나 사랑했는가를 합한 것입니다. 또 스스로가 가치 있는 존재라고 보는 것과 스스로 잘못했음을 인정하거나 바꾸기 위한 노력을 합한 것입니다.

하지만 이것은 지나치게 단순한 도식일지도 모릅니다. 그러한 합산 속에는 선의의 의지와 애매모호한 것들, 유혹, 축하, 사랑의 말들, 거절된 초청들이 서로 뒤섞여 있습니다.

우리의 삶은 여러 개의 가면을 겹쳐 쓴 독특한 가면무도회에 참가한 것과 같습니다. 그러한 가면들을 통하여 스스로가 불안해하는 대상이 되는 것입니다.

우리는 전적으로 희생자도 아니요 그렇다고 자신의 완전한 주인도 아닙니다. 이 사실은 매일 매 순간 하나의 도전으로 다가옵니다. 일상 속에서 부딪히는 애매모호함은 우리에게 상처를 주기도 하지만 때로는 자양분을 주기도 합니다. 결국 우리를 인간으로 만들어주는 것입니다.

이 세상을 사는 동안 나는 조금씩 그 캔버스와 붓을 내 것으로 만들면서 나에게 제공된 삶의 프로젝트를 완성해 나갈 것입니다.

어린 시절에는 거의 모든 것이 내가 태어난 주위 환경이 만든 작품이었습니다. 가정과 학교가 그것입니다. 이것들은 나에게 세상을 바라보는 법을 가르쳐주었습니다. 때로는 그것들이 나의 보호막이기도 했지만 감옥이기도 했으며, 또 희망이기도 했으나 벌이기도 했습니다.

그 시절이 지나면서 나는 그것들이 더 이상 다른 사람의 탓이라고 생각지 않게 되었습니다. 그 다른 사람이란 내가 사랑하든 적대시하든, 친절하든 무관심하든 어른이 되어서야 비로소 인식하게 되는 존재들입니다. 즉 모든 인간이 자연스럽게 지니고 있는 취약성을 그대로 겪는, 우리의 아버지와 어머니인 것입니다.

결국 우리는 부모 역시 자신과 다를 바 없는 보통 사람임을 확인하게 됩니다. 우리가 어렸을 때 그들은 자신이 알고 있는 바를 행했고, 또 할 수 있는 방식을 취했습니다.

그런데 나는…… 나는 어떠합니까?

다른 사람들이 당신에게 전해준 생각이나 사상 따위로 가득 채워진 당신은 바로 자신의 작업대에서 곡예하는 곡예사와 다름없습니다. 그 곡예 현장 아래에 펼쳐진 그물은 씨줄과 날줄로 만들어진 것입니다. 씨줄은 우리를 낳아 길러준 사람의 줄이고 날줄은 당신 자신의 믿음 또는 희망에서 나온 줄입니다.

어린 시절에 나는 "아이들은 생각하지 않는다."는 말을 많이 들었습니다. 하지만 그렇지 않습니다. 아이들도 생각을 합니다. 그들은 보다 중요한 무엇인가를 합니다.

우리는 성장하면서 자신이 어린 아이였다는 사실을 잊어버립니다. 아이들은 벽에 생긴 어떤 얼룩이나 짚더미 속의 벌레 한 마리, 혹은 장미꽃이 피는 것을 보며 깊은 생각에 잠깁니다.

아이들은 그러한 것들을 그저 바라만 보는 것이 아닙니다. 그들은 자신이 집중하여 몰두하는 대상이 무엇이든지 스스로가 바로 그것으로 변신합니다. 그래서 말벌을 볼 때면 말벌이 되고 벽에 걸린 그림을 보면 그 그림이 됩니다. 또한 꽃을 보면 꽃이 되기도 하고 바람소리를 들으면 바람이 됩니다. 그리고 때로는 침묵 그 자체가 되기도 합니다.

그와 똑같은 방식으로 아이들은 어른들의 냉담함, 고통, 피상성 혹은 진정한 사랑도 예민하게 받아들여서 꽃을 보면 꽃이 되는 것처럼 냉담함을 느끼면 냉담함 자체가 됩니다. 아이는 어른의 겉으로 드러나는 태도뿐만 아니라 내면까지도 대변합니다.

어른들은 아이가 무엇엔가 빠져 있는 것을 종종 병으로 오판합니다. 그 아이들에게 움직이라든가, 뛰며 놀라든가, 말하라든가 하는 등 온갖 요구를 다 하면서 말입니다.

이따금 그 아이들을 조용히 내버려둘 필요가 있습니다.

자신의 주변 환경에 푹 빠져 있는 아이들은 자신들보다 더 큰 어떤 세계에 몰입하며 그 세계 속에서 스스로도 의식하지 못한 채 자랍니다. 그들은 모든 것에 대하여 직관적으로 대응할 뿐만 아니라

'순수한 지혜'를 가지고 있습니다.

　사람은 그 순수한 지혜를 주변의 현실에 맞추고 길들여져 가면서 잃게 됩니다. 하지만 신들은 우리가 꿈꾸는 능력을 보존하길 바랍니다. 왜냐하면 유토피아란 바로 자유의 토대이기 때문입니다. 그렇지 않으면 우리는 자신에게 주어진 과제를 수행하는 훈련된 물개에 불과할 것입니다.

　그렇게 성장한 우리는 스스로 '내 자신' 혹은 '영혼'이라고 부르는 그것을 매장해버리고 말 것입니다. 결국 가장 치명적인 질병과도 같은 무익함이 우리 자신을 갉아먹는 것입니다. 즉, 우리의 영혼을 공격하여 구멍이 숭숭 난 뼈처럼 부서지기 쉽게 만들어버릴 것입니다. 그리하여 결국 우리의 영혼은 마치 골다공증에 걸린 것처럼 되고 말 것입니다.

　어린 아이는 그 자신이 하나의 세계입니다. 그 속에서는 시간과 향기, 조직체, 현재와 감정 등이 그 세계의 독특한 현실을 이룹니다.

　나도 어린 시절 어느 때인가 말을 더듬거리며 그것을 설명하려고 한 적이 있었습니다. 하지만 어느 누구도 이해하지 못하는 것 같았습니다. 아니면 어른들이 별로 관심이 없었는지도 모릅니다. 그래서 내 생각들을 이야기로 만들어 마치 마녀의 주문처럼 자신에게 중얼거리며 암송을 했습니다. 성인이 된 지금 나는 소설 등을 쓰면서 그와 비슷한 일을 하고 있습니다.

나의 상상에 대한 다른 사람들의 무관심은 그들이 실제로 관심이 없어서 그렇든가 아니면 내가 제대로 설명하지 못했기 때문에 그런 것이 아님을 알게 되었습니다. 알고 보니 생각과 현실은 서로 구분되지 않으며 말로써 설명될 수 없는 것이고 또 타인에게 의사 전달되는 게 아니었습니다.

나는 또 한 권의 책을 가정이라는 개념에 바탕을 두고 쓰고 있습니다. 나는 지금까지 가정이라는 것에 대해 지속적으로 글을 써왔습니다.

우리는 어린이들이 읽는 동화에 나오는 요정들의 저주나 은총처럼, 어렸을 때 주변 사람들이 자신에게 보여주었던 예언자적 시선에 의해 많은 영향을 받습니다.

내 소설의 드라마틱하거나 비극적인 등장인물들은 사랑의 결핍과 위선 그리고 소외에 짓눌리는, 유별나게 병든 가정 속에서 만들어진 결과물이었습니다. 그들은 정을 표현할 수 없었기에 그것을 억누르고 살아갑니다. 겉으로 표현하지 못한 정은 결국 사그라지고 맙니다.

혼자 산다는 것 자체가 힘든 일이긴 하지만 가족과 함께 산다는 것 역시 부담을 주는 일이자 부담을 지는 일일 수 있습니다. 우리는 사랑의 결속이 약하기 때문에 고통을 받습니다. 돈과 시간의 부족으로 고통을 받기도 합니다. 아울러 힘을 써야 할 일들이 점점 더 늘어나기에 고통을 받습니다.

　우리는 집안에서조차 대화와 온정, 결속을 위한 시공간을 충분히 갖지 못함으로써 고통을 받습니다. 무엇보다도 우리는 애정의 기쁨을 자연스레 표현할 시간이나 마음의 준비를 하지 않고 있습니다.

　전부는 아니지만 어느 가정이든지 어린 아이는 분명히 해결해야 할 하나의 문제이자 돌봐야 할 과제입니다. 아이가 당신에게 진정한 기쁨이 되기 위해서는 당신이 먼저 그들을 원하고 사랑해야 합니다. 뱃속에 있는 아이가 첫 움직임을 시작하기 전에, 이제 막 태어난 아이에게 첫 눈길을 보내기 전에 집안을 동물의 우리가 아닌 인생의 보금자리로 만드는 일부터 먼저 시작해야 합니다.

　우리에게 어린 시절은 그 이후의 삶을 위한 중요한 토대입니다. 만일 어린 시절에 웅덩이에 자주 넘어졌다면 지금 우리는 앞으로 더 자주 발을 헛딛거나 더 쉽게 넘어져서 결국 얼굴까지 다치게 될지도 모릅니다. 물론 그것이 보약이 될 수도 있습니다. 왜냐하면 그런 사건들이 우리에게 자신의 얼굴을 재구성할 기회를 줄 수도 있기 때문입니다. 자주 굴러 넘어짐으로써 보다 더 진솔한 얼굴로 뜯어고칠 결심을 하게 되는지 아무도 모르는 일이니까요. 하지만 그로 인해 전신마비를 당할 수도 있다는 것을 염두에 두어야겠습니다.

이제 완연한 성숙기에 접어든 나의 모습 속에서 나는 수십 년 전, 어느 정원의 나무들 위로 쏟아지는 아름다운 빗줄기를 바라보며 경이에 찬 놀라움에 잠긴 소녀의 모습을 기억합니다. 비록 사랑하는 사람들이 떠나고 그 집이 팔리고, 또 내가 더 이상 그때의 소녀가 아님에도 불구하고 그 모든 것은 영원히 나만의 것입니다.

그러한 것을 위하여 나는 마음속에 긍정적인 면을 포용할 공간을 준비해야 했습니다. 그 공간이 내가 어쩔 수 없이 간직하게 될 부정적인 공간보다도 더 크기를 바랍니다.

그리고 내가 견딜 수 있는 어떤 한계 상황 안에서 마음의 문을 열고 끊임없이 변하는 삶을 받아들일 수 있도록 보호해준 주변 경계들을 내 방식대로 더 확대해야 했습니다.

더러는 실수도 하고 더러는 새로운 시도를 하면서 우리는 매일 매일 부딪치는 도전 속에서 우왕좌왕하며 생의 상당 부분을 눈감은 채 보내버립니다.

우리는 단단한 토양 위에다가 혹은 이율배반적인 모래언덕 위에다가 그처럼 다듬어지지 않은 거친 재료들의 일부를 가지고 각자 자신의 집을 짓고는 합니다.

모든 것이 사전에 계획될 수는 없습니다. 집을 짓는 데 동원된 계산들이 예기치 못한 결과를 낳을 수도 있습니다. 우리는 마음속으로 아직 꿈을 꿀 수 있다는 사실과 그에 따른 두려움과 열정, 실패에 따른 원인 규명의 필요성을 이리저리 생각해봅니다. 그것은 어쩌면 유토피아적인 환상일 수도 있습니다.

하지만 만일 나이가 들어 쪼그라드는 대신에, 감수성이 무뎌지지 않도록 노력한다면 아마도 나는 타인에 대한 따스한 정을 최대한 실천에 옮길 수 있을 것입니다.

모든 것이 복잡하게 얽혀 있습니다. 그 이유는 우리 스스로 심리적인 장치를 동원하기 때문입니다.

우리는 지금의 모습 그대로 태어났습니다. 우리 내부의 무언가는 바꿀 수 없는 것이며 우리의 본질은 그 문을 열기가 힘들 정도로 단단한 벽이자 튼튼한 그 무엇입니다. 그것을 열기 위한 투쟁은 우리가 이 세상에 존재하는 한 지속적으로 전개해야 할 것입니다.

물론 삶의 과업을 수행하기 위한 우리들의 도구가 빈약할 수도 있습니다. 다른 사람들보다 선천적으로 더 나약하게 태어나는 몇몇 사람의 경우가 그렇습니다. 갓 태어난 아이가 활기찬 자신의 형보다도 더 슬픈 아이일 수 있습니다. 그것은 어떤 재판의 선고가 아니라 사악한 계모 같은 자연이 내리는 불순한 예고일 수 있습니다.

내가 가꾸고 있는 작은 정원은, 매일 튼튼하게 싹트고 자라나는 식물이 있는 반면에 어떤 것들은 형체가 일그러진 채 태어나는 식물도 있음을 가르쳐줍니다. 어떤 식물들은 한창 피어날 시기에 병에 걸리거나 아니면 치명적인 운명을 맞는 반면에, 어떤 것은 몸이 꼬부라질 정도로 나이가 들었음에도 여전히 꽃을 피웁니다.

우리도 단 한 가지의 차이점을 제외하면 그들과 똑같은 조건을 가지고 있습니다. 그 차이점이란 우리가 생각을 할 수 있다는 것입니다. 우리 인간은 상대적인 자유를 수행할 수 있습니다. 어떠한 범위와 한계 내에서 주어진 조건에 개입할 수도 있습니다.

그렇기 때문에 우리는 스스로에게 책임을 져야 합니다. 최소한 우리는 이 삶과 죽음 사이의 여정을 위하여 사람들이 우리에게 지워준 짐으로 무엇을, 어떻게 하느냐에 대해 공동 책임을 져야 합니다.

우리는 쓸데없이 많은 짐을 지고 삽니다. 값진 것은 버리는 반면에 쓸모없는 것들은 끌어 모으면서 인생을 살아가기도 합니다. 그리고 생의 종말이 올 때까지 쉬지 않고 달립니다. 가끔 자리에 앉아 쉬면서 자신의 주위를 둘러보기도 하고 이제까지 걸어온 길을 평가해보기도 합니다. 그러고는 각자 개인의 인생 계획을 바꾸거나 혹은 현 상태를 유지하기도 합니다.

때때로 개인적인 욕망을 완전히 포기하기도 합니다. 스스로를 운명이나 혹은 타인의 의지에 내맡김으로써 자신의 삶을 희석시키기도 합니다. 자신의 삶을 적극적으로 만들어가지 않고 너무나도 나약하게 살아갑니다. 그리하여 인생이라는 큰 방의 한구석에 쪼그리고 앉아 있거나 아니면 그 방의 큰 소파 팔걸이에 앉아 살아갑니다.

자신의 능력이나 그 능력 이상으로 자신이 개발되는 것을 스스로 막아버리는 사람이나 또는 그 사람의 모든 낭비는, 전쟁만큼이나 비극적이면서도 매우 중대한 의미를 지닙니다. 왜냐하면 그것은 한 인간의 실패일 뿐만 아니라 무수히 많은 사람들에게도 영향을 미치기 때문입니다.

우리는 그저 단순히 전쟁과 폭력, 부패와 가난에 대항하여 신문에 논고를 쓰거나 가두시위를 할 것이 아니라 각자의 마음속에 타인들이 심어놓은 것, 바로 그것의 중요성을 곳곳에 알려야 합니다. 그리하여 우리에게 주어진 시간 속에서 인생이라는 훌륭한 정원을 어떻게 다루어야 할 것인지, 그것에 대한 중요성을 먼저 일깨워야 합니다.

이 길이나 혹은 저 길로 인도하는 타인의 시선과 그 근본적인 타인의 시선이 지니는 중요성에 대하여 내가 지나친 고집을 세우며 주장하고 있다고 할지라도, 나는 가정의 첫 번째 구성원인 부모에게 지나친 책임을 전가하지는 않을 것입니다.

나는 그것이 옳다고 생각합니다. 하지만 부모와 자식 간의 사랑은 앞으로 갖게 될 모든 사랑에 대한 우리의 기대를 결정지을 것입니다. 인생 초기의 삶이 앞으로 살아가게 될 우리의 나머지 삶에 대해 상당한 영향을 미칠 것입니다. 따라서 자식을 낳아 기른다는 것은 매일 쉬지 않고 자식을 낳고 또 낳는 것을 의미합니다.

모든 사랑은 위기의 순간을 맞게 되며 때로는 그 사랑 자체가 위기이기도 합니다. 모든 사랑은 그때그때마다 정도의 차이는 있지만 인내와 참을성, 밝은 마음과 확고부동한 마음을 요구합니다. 사랑하는 법을 가르치는 학교라든가 어떤 방정식이 있는 것은 아닙니다.

그와는 반대로 파괴적인 싸움이 벌어지는 곳은, 문제를 무시하고 넘어감으로써 얻게 되는 가식적인 편안함만큼이나 완전한 인간으로 성장하는 것을 스스로 방해하고 준비하지 못하게 합니다.

물론 그 싸움들도 긍정적일 수 있으며, 이따금 벌어지는 경쟁 또한 우리를 성장하게 합니다. 아다시피 사랑한다는 것은 한계를 부여하고 또 그것을 받아들이는 것입니다.

가족관계라는 것은 서로 알력과 다툼이 끊이지 않는 상황에서 한 지붕 아래 오랜 기간 동안 함께 살도록 운명지어진, 서로 다르거나 혹은 상극이기도 한 개인들 사이의 관계를 의미합니다.

"나는 언제나 어머니가 나를 어떻게 다루어야 하는지 잘 모른다고 생각했어요!"

"갓난아기 때부터 내 아들은 내 팔에 안겼을 때조차도 불편해 하는 것 같았어요."

"아버지가 제게 진정으로 원하는 것이 무엇인지 단 한 번도 알지 못했어요. 나에게 그 분은 언제나 이방인이었어요."

"피부 접촉이 야기하는 것과 같은 그 어떤 화학적 작용도 나와 어머니 사이에서는 일어나지 않았어요. 우리는 서로 안아주는 것을 좋아하지 않았어요."

"우리는 각자 멀리 떨어진 우주에서 살고 있어요."

"나는 단 한 번도 나의 어머니를 기쁘게 해드리지 못했죠. 어머니는 시도 때도 없이 틈만 나면 나를 야단치셨어요. 내가 어른이 되고 그분은 노인이 된 지금까지도 여전히 똑같답니다."

"아버님은 나를 보는 것만으로도 화가 나시는 것 같았어요. 모든 일에서 나를 가만두지 않으셨죠. 아무리 노력을 해도 언제나 나 자신이 빚쟁이라고만 느껴졌어요."

우리가 선택한 것은 아니지만 우리 마음속 가정을 드러내주는 이러한 가족생활은 그것이 비록 생각일 뿐일지라도, 우리가 떠났다가도 언제나 되돌아갈 수 있는 믿음직한 항구일 수 있습니다. 그러한 곳은 비록 내가 그곳에 더 이상 살고 있지 않다고 하더라도 언제나 나의 보금자리일 것입니다.

하지만 공교롭게도 그곳에 숨 막힐 듯한 무엇이 있다면 잘라낼 필요가 있습니다. 왜냐하면 그럴 경우 그곳은 더 이상 안식처가 아니라 동물들이 사는 우리거나 깊은 우물 바닥, 또는 모든 것을 집어삼키는 소용돌이가 될 수 있기 때문입니다.

만일 우리가 그곳에 지나치게 구속되어 있다면 자신의 머리채를 잡아당겨서라도 자유롭게 숨을 쉬고 할 일을 할 수 있는 공간으로 탈출해야 할 것입니다. 비록 다른 공간 역시 놀라움과 불확실성이 가득한 곳일지라도 말입니다.

우리는 과거를 바꿀 수 없습니다. 각 가족 구성원의 인생 드라마가 서로 간에 공생과 영혼이라는 운명적 뿌리로, 독 있는 뿌리로 얽혀 있는 것일 수도 있습니다. 침묵의 법칙, 강박관념에 사로잡힌 비밀의 법칙들이 심각한 혼란을 야기할 수도 있습니다.

하지만 우리는 그 모든 것에 대한 자신의 태도를 바꿀 수 있습니다. 비록 그것이 삶과 죽음의 차이를 의미하는 길고도 고통스러운 과정의 하나라 할지라도 말입니다.

나는 나 자신을 해방시킬 수 있습니다. 나는 지금 이 순간에 나에게 무엇이 '최상의 것'인지, 또는 무엇이 '최선의 것'인지를 구별할 수 있도록 스스로를 재프로그래밍할 수 있습니다.

나의 세상관은 나의 결정들을 억누르고 나를 탈진케 하며, 나로 하여금 움츠리게 하면서도 선택해야 할 것에 대해서는 정면으로 부딪칠 것을 요구합니다.

바로 그때에 내가 태어나면서부터 가지고 있던 짐과 그동안 내가 몸 안에 이룩해놓은 것, 그리고 내가 의지할 수 있는 재원들, 나아가 내가 그것을 실현할 수 있다는 자신감 등이 뒤엉켜 움직입니다.

우리는 자신이 사랑하는 사람들의 운명에 대해 이러쿵저러쿵 명령할 수 없습니다. 더욱이 그들을 대신하여 아파할 수도 없습니다. 하지만 자식을 가진다는 것은 무척 많은 책임을 지게 된다는 것을 의미합니다. 그 자녀들의 먹을 것, 교육, 건강뿐만 아니라 그들의 성격에 대해서도 책임을 지게 됩니다. 그것은 육체적으로 건강한 삶을 보장해주는 것보다도 더 복잡합니다.

그렇다고 해서 우리가 마치 전지전능한 신처럼 그 아이들의 인격을 직접 형성한다거나 또는 그 인격을 훼손한다는 것은 아닙니다. 아니면 부성애와 모성애의 일부로써 그 아이들을 대신해서 살아줄 수 있다거나 운명으로부터 그들을 보호해줄 수 있다는 것도 아닙니다. 다만 그들로 하여금 자신의 운명을 스스로 만들어가게 하는 것입니다.

하지만 분명한 것은 그들이 아직 '우리 품안의 자식'처럼 보일 때 우리의 존재 방식이나 생활 방식, 사고방식 등이 아이들에게 큰 영향을 미치게 된다는 사실입니다.

나는 '자식에 대한 사랑 때문에' 자신의 삶을 포기하는 부모를 결코 옹호하고 싶지 않습니다. 똑같은 이유로 자신의 삶을 포기하고, 나아가 그러한 희생을 통해 내심 자식들에게 죄를 뒤집어씌우면서 그들로 하여금 '그동안 진 빚'을 갚으라고 요구하는 어머니들도 존경하지 않습니다. 아울러 실제 '빚지지 않은 것'에 대해서도 그 자식들에게 되갚으라고 요구하는 어머니들에 대해 호의를 갖고 있지 않습니다.

자녀들이 걷게 될 많은 발걸음 가운데 첫 걸음은 바로 우리의 인생 위에 놓일 것입니다. 우리의 희망 또는 비관론, 우리의 따스한 정 또는 냉담함 위에 말입니다. 그들 역시 자신의 아이들에게 그렇게 할 것입니다. 그것은 우리 부모님의 부모님이 이전 세대에서 그랬던 것만큼 그들에게도 아주 기본적인 것이 될 것입니다.

모든 부부들이 살아가는 삶 속에는 인간미를 빚어내는 옳고 그른 상황들이 반복적으로 펼쳐져 있습니다.

우리는 모든 신체적 정신적 유전인자를 가지고 태어납니다. 하지만 그것만이 전부가 아닙니다. 우리는 부분적으로 나의 부모님이 어떠했느냐의 결과물이기도 합니다. 하지만 오로지 그것인 것만도 아닙니다.

우리가 살고 있는 사회 속에는 우리를 감시하는 시선들과 또 우리의 현실 생활에 관여하는 많은 사람들이 있습니다. 그것들 가운데 하나는 이른바 '타인의 의견'입니다. 그것은 우리가 사랑하고 존경하는 사람들의 의견이 아니라 형체는 없으나 온 사방에 존재하는 그 무엇입니다. 그리고 그것은 '그들의 생각' 속에서 나오는 것으로서 전지전능에 가까운 힘을 발휘합니다. 그것은 소리 없이 우리의 가정과 의식 속으로 들어와 생각과 행위를 제한하고 가지치기를 해버립니다.

가정의 울타리를 벗어나 어떤 문화권에 진입하게 되면 그것은 전대미문의 힘을 갖게 됩니다. 그것을 극복하기 위해서는 청소년기에 갖지 못하는 분명한 분별의식이 필요하게 됩니다. 우리는 어른이 될 때까지 외부에서 자신을 밀치고 들어와 자리를 잡는 정신적 압력에 무척이나 나약한 존재입니다.

나는 얼굴 없는—어쩌면 무척이나 많은 얼굴들이지만—타인들에 의해 소문이 형성되고 금세 동네 전체로 퍼져나가곤 하는 시골에서 태어났습니다. 그런 곳이었기에 청소년 시절에 나는 밖에서 배운 것보다 가정에서의 배움에 더 많이 의지했습니다. 즉 나는 타인의 의견에 정말 신경을 쓰지 않고 자랐습니다.

존경심과 정 때문에 내가 신경을 썼던 분들은 아마도 극소수에 불과할 겁니다. 그들은 나에 대해 많은 면에서 얘깃거리가 있는 분들입니다.

사람들이 우리에게 남겨준 것들 가운데 많은 것이 재프로그래밍 될 수 있습니다.

우리는 어떤 무엇의 결과물이지 노예가 아닙니다. 우리에게 인사를 건넸던 태초의 시선이 반드시 사형선고를 의미하는 것은 아닙니다. 비록 배은망덕한 과업이라고 할지라도 우리는 그 원초적인 운명에다 우리 나름의 것을 더 첨가할 수 있습니다. 또한 우리들이 태어나던 그 시기에 쓰였을 운명의 서문에다 '잘못된 글자 바로잡기' 라는 것도 쓸 수 있습니다.

우리가 사전에 형성되고 조작되고 조건 지어진 존재라면 누가 우리에게 여러 의견을 제시하고 도와줄 수 있겠습니까? 누가 그렇게 복잡한 실타래를 풀어줄 수 있겠습니까? 또한 우리가 어디서 스스로의 삶을 시작할 수 있을 것이며 그 무수한 타인들의 영향력은 또 어디서 끝나겠습니까?

그렇기에 우리는 불안한 탐색자입니다. 우리가 그것에 만족하지 못하는 것도 당연합니다. 우리는 어떤 형벌에 처해진 사람들이 아니며 많은 결정들을 자유롭게 할 수 있는 존재입니다.

내가 분별력을 발휘할 수 있게 되면서부터 현재의 나를 지속적으로 유지하기 위하여—혹은 보다 나은 존재가 되기 위하여—내가 한 일은 무엇이었을까요? 어떻게 해서 나는 자유와 더불어 타인에 대한 존중과 온정을 가진 사람으로 바뀌어왔는가 생각해봅니다. 우리가 타인이라고 부르는 존재들, 그것은 사랑스러울 수도 있고 잔인할 수도 있습니다. 그들에 대하여 나는 어떤 자세를 취해왔는지 생각해봅니다.

부정확한 우리의 시각은 나이가 들면서 성숙해지고 또 깊은 사고를 함으로써 보다 명확해집니다. 다시 말하면 그러한 과정을 통해서 자신만의 의견과 자세, 즉 우리의 개성이라고 하는 것이 형성됩니다. 우리는 옷, 직업, 동료 등 수없는 선택을 통하여 수천 가지의 방법으로 자신의 현재 위치와 장소를 보여줍니다. 특히 나의 경우는 무의식 속에서 스스로를 특징짓는 신념과 의심, 열정 또는 회의주의에 따라 행동합니다.

나는 한 대학에서 강의를 하면서 젊은이들에게 가끔 이렇게 주장하곤 합니다.

"그대들은 자신이 생각하는 것보다 훨씬 더 나은 존재입니다. 여러분은 스스로 생각하는 것보다 더 똑똑하고 유능한 사람이며 어쩌면 우리 어른들—부모나 교수들—보다도 더 똑똑하고 유능할지도 모릅니다. 우리는 여러분 스스로 그러한 존재라고 믿게끔 만들고 있습니다."

우리는 자녀들에게 멋지고 착하다고 하면서 그들이 그러한 영혼을 지닌 왕자들이라고 가르칩니다……. 우리가 그들 스스로를 측은하게 느끼게 하거나 아니면 장애물로 느끼게 합니까? 실패할 것이 뻔한 모험에 내던져진 존재로 느끼게 합니까? 그래서 근심하게 하고 쓸데없는 일에 힘을 쏟게 하고 나아가 서로 싸우고 후회할 동기를 부여하고 있습니까?

우리가 자유로운 영혼을 창조할 수 있다고 해서 또 다른 영혼을 선택적으로 창조하고 있는 걸까요?

그러한 질문은 복잡한 우리의 사회 구조를 고려함과 동시에 복잡하고 어려운 자기 계발의 기회를 고려할 때 무척 현학적으로 보일지 모릅니다.

하지만 어떤 형태로든 설명이 필요합니다. 설사 우리의 자녀들이 스스로 왕자나 공주라고 확신하고 있다 해도 분명 그것은 내가 경제적 부유함이나 사회적 지위를 염두에 두고 말하는 것이 아닐 뿐더러 거만함과 속물들의 속성을 말하려는 것은 더더욱 아니라는 것입니다.

우선 나의 머리에 떠오르는 것은 자긍심입니다. 그것은 장밋빛이 감도는 비현실적인 시각이 아닌 긍정적인 시각, 즉 신뢰를 의미합니다. 그것은 기쁘고 즐겁게 살 수 있는 능력이자 행복을 추구하는 것이며 나아가 자신에 대한 신뢰를 의미합니다. 그것은 내 능력 안에서 온전하고 행복한 존재로서 가장 잘할 수 있는 것이기도 합니다. 그것은 일반적으로 우리가 믿거나 혹은 우리로 하여금 믿게 하는 것을 뛰어넘는 것이기도 합니다. 그 때문에 나는 학생들에게 이렇게 말하곤 했습니다. "기대한다는 것은 그대들 자신이 생각하는 것보다 낫다."고 말입니다.

자긍심이라는 말은 내가 좋아하는 브라질의 작가 에리꾸 베리씨무의 말을 기억나게 합니다. 그는 말합니다.

"나는 자신을 사랑하지만 경탄해 하지는 않는다."

이것은 어린 양들의 편한 정신 상태를 극복하는 것과도 관계가 있습니다. 즉, 자기 자신의 의견을 형성하고 유지하는 것과 관계된 것입니다. 소외되어서 사는 것이 아니라 그 소외의 위험에 정면으로 대처해 나가는 것입니다.

그것은 누군가의 동반자가 되기 위하여 자신의 영혼을 헐값에 내놓는 것이 아닙니다. 대신에 진정으로 사랑할 사람, 충직한 친구, 스승, 사리분별이 있는 모범적인 사람을 선별하는 행위인 것입니다.

당신이 그러한 선택을 할 수 있다면 가장 적합한 직업을 선택하는 것까지도 우리에게 큰 기쁨을 줄 것입니다. 왜냐하면 우리는 생존을 위하여 어떤 직업 활동을 해야 하기 때문입니다.

말하기는 쉽습니다……. 나는 그것을 잘 알고 있습니다.

분명한 것은 변화가 열망을 창출한다는 것입니다. 적정한 보수를 지급하지 않는 직장이나 나에게 행복을 가져다주지 않는 직장을 그만두려는 것, 강압적인 아버지나 어머니에게 적극적으로 대응하는 것, 자신의 존재를 축소시키거나 짓누르는 애정 관계를 끊는 것, 상대방을 즐겁게 해주기 위해서 자기의 존재를 지워버리는 그런 동거관계를 청산하려는 것, 원한과 죄를 낳는 주종 관계를 피하는 것 등이 바로 그것입니다.

유감스럽게도 기존의 관습에서 벗어나는 것은 언제나 혼란을 불러일으키게 마련입니다. 보다 자유롭기를 바라는 열망은 강합니다. 아무리 열악할지라도 이미 익숙해진 상황에서 벗어날 때 갖는 두려움이란 결코 적지 않습니다. 자신의 삶을 재구성하기 위해서는 먼저 자기 자신을 무너뜨릴 필요가 있습니다. 나아가 그러한 자신의 수수께끼를 허물어뜨림으로써 결국 각자의 인생 계획이 무엇인지를 찾아낼 필요가 있습니다.

사람들은 말할 것입니다.

"가정은 당신이 말하는 중요성을 더 이상 갖고 있지 않습니다."

"우리가 과거보다 훨씬 더 자유로워졌지만 각종 약속들도 더 느슨해졌습니다. 모든 게 변했습니다."

하지만 그렇지 않습니다. 다만, '거의' 모든 것이 변했을 뿐입니다. 중요한 본질, 즉 우리의 본질은 예나 지금이나 똑같습니다.

지난 세기에 우리 사회는 현기증이 날 정도로 변했으며 가정 또한 변했습니다. 문화도 바뀌고 과학과 기술도 진보했으며 모든 것이 50년 전에는 상상할 수 없었던 속도로 발전하고 있습니다. 하지만 인간의 감정은 변하지 않았습니다.

물론 지금의 우리는 태초 그대로인 상태가 아닙니다. 하지만 우리의 근본적인 바람은 그때나 지금이나 똑같습니다. 편안함과 따스한 정, 자유, 평등한 동반 관계가 그러하며 우리 모두 사회나 가정의 일원임을 느끼고 싶어 합니다. 아울러 내가 속해 있는 그룹이나 어떤 한 사람—내가 사랑하는 사람—에게만큼은 중요한 사람이 되기를 희망합니다.

내가 왕이 되어야만 중요한 사람이 되는 것은 아닙니다. 하지만 나는 타인에게 존중받고 있음을 느끼고 싶어합니다.

그것은 내가 세상에 태어났을 때 내 눈과 마주친 첫 시선만큼이나 나를 결정지을 것입니다. 나는 과대망상이나 환상에 빠져 있지 않습니다. 그럼에도 불구하고 내 자신이 유능하며 타인으로부터 대접을 받을 자격이 있는 사람이라고 생각합니다. 지금 내가 할 수 있는 범위 안에서 그것을 선택하여 변화시킨 뒤 나의 것으로 만들어갈 것입니다.

그것은 돈이나 사회적 지위 또는 더없이 높은 가치 등과는 아무 상관이 없습니다. 단지 자신에 의해, 우리가 사랑하는 사람들에 의해 내가 어떻게 평가되는가라는 것과 관계가 있습니다. 나의 선택과 포기는 무엇보다도 바로 거기에서 나옵니다.

내가 공장 직공이든 가정부든 운전수든 농부든 고위 관리나 성공한 여배우든 또는 눈에 띄지 않는 호텔의 리셉셔니스트든 그것은 별로 중요하지 않습니다.

나는 나의 인격을 믿는 만큼 나 자신을 좋아합니다. 그리고 나의 가치에 따라 자신의 영역을 확대해 나갈 것입니다. 그러한 발전과 성장, 헌신이 모두 가치 있는 것이라고 생각하므로 그것에 따라 내 영역을 확대해 나가길 희망합니다. 그것은 나의 믿음과 신념에 달려 있습니다.

그 모든 것은 어느 특별한 경우나 위기의 순간에 대비하여 사전에 연습해둔 말을 통해 내 마음속에 자리 잡은 것이 아닙니다. 즉 내 의식에 잠재되어 하루하루 타인들과의 관계 속에서 틀을 갖추어갑니다. 그리고 주변의 조건 속에 머물다가 문득 내 몸과 마음에 와 닿아 빛을 발합니다.

이제 다시 가정문제로 되돌아가고자 합니다.

몇몇 사람들이 주장하듯이 엄격한 가정 분위기가 힘겨운 삶을 헤쳐 나가도록 준비시켜주는 것은 아닙니다. 그와는 정반대입니다. 우리가 살고 있는 폭력적인 사회 속에서 자신을 방어하기 위해서는 튼튼한 뿌리를 지닌 '정'이 있어야 합니다.

그것은 내가 요람에 있을 때부터 가장 중요한 양식이었습니다. 그것은 나의 영혼을 풍요롭게 해주었고 나는 그 풍요로운 영혼과 함께 자리를 잡아왔습니다. 그 자리란 집에서, 나의 결혼생활과 내가 이룬 가정에서, 나의 강의실이나 사무실, 혹은 공장에서, 내가 걷는 길에서 취해온 자리입니다. 하지만 그 무엇보다도 그 자리는 바로 나 자신에 대한 자리입니다. 단지 그 자리가 차선의 자리가 아니길 바라왔습니다.

만일 내가 스스로를 아무런 가치가 없는 존재라고 생각했다면 나는 정말 아무것도 아니게 됐을 것입니다. 그러면 나는 타인들이 나 대신에 말하고 결정하도록 내버려두었겠지요. 하지만 인간으로서 갖는 자연스러운 한계와 숱한 두려움에도 불구하고 자신에 대하여 어떤 긍정적인 것을 취할 자격이 있다고 믿었기 때문에 나는 그것을 위해 투쟁해올 수 있었습니다. 그로 인해 타인들이 나를 사랑하도록 허락할 수도 있었죠.

제스처와 침묵 그리고 말들. 이것들은 무의식의 그늘에서 우리의 삶을 밧줄로 묶은 뒤 그 삶을 무장 해제시켜버리는 살아 있는 창조물들입니다. 그 창조물들을 가지고 우리는 물 위에 다리를 세우기도 하고 오해의 구덩이를 파기도 합니다.

사람들의 고통 중 상당 부분은 의견 충돌과 의사소통의 어려움에서 옵니다.

"나는 언제나 우리 부모님들이 너를 더 좋아한다고 생각했어."

"그게 무슨 말이야? 나는 언제나 그분들이 너를 훨씬 더 좋아한다고 생각했어."

"어머니는 단 한 번도 저를 사랑한다고 말하지 않았죠. 그래서 저는 제가 당신의 친자식이 아니라 양자일 거라는 생각까지 하곤 했어요!"

"그게 무슨 말이냐! 나는 너를 돌보고, 보호하고, 가르치고……. 내가 할 수 있는 것은 뭐든지 다 했는데……. 너에게 부족함이 없도록 내가 할 수 있는 것 이상으로 뼈 빠지게 일했는데……. 네 옷가지도 빨고 또 병에 걸렸을 때 돌보기도 했는데."

"하지만 그때는 저한테 짜증내고 불퉁 맞게 행동하셨잖아요! 마치 딴 사람 같았어요."

"전혀 아냐! 네가 제대로 이해를 하지 못했구나. 난 나 자신을 잘 표현할 줄 몰랐어."

만일 그 상처가 몹시 깊다면 이런 대화나 설명 정도로는 가슴 깊이 뿌리박힌 것을 완치하기는 어려울 것입니다. 상처를 아물게 하려고 크리스마스에 즐거운 이벤트를 벌이거나 단란한 가족 식사를 하는 것만으로는 족하지 않을 것입니다.

누군가가 나에게 이렇게 말했습니다.

"바로 그거예요. 우리는 서로를 이해하지 못해요. 우리 모두는 지겹도록 가난한 사람들이고, 복잡하기 이를 데 없으며 불안정하고 또 불행해요. 그런데 어떻게 자식들에게 좋은 것을 물려줄 수 있겠어요?"

나는 이 말에 동의하지 않습니다.

나는 우리 모두가 지겹도록 가난하지도 않으며 또 모두가 불행한 것은 아니라고 생각합니다.

물론 우리는 복잡한 존재들입니다. 그 말은 맞습니다. 우리는 서로를 중상모략하고 또 나약하며 오해와 실수를 저지르기 쉬운 존재입니다. 그러나 우리는 따스한 정과 아이디어, 꿈 그리고 고귀한 예술 작품을 생산하기도 하는 훌륭한 기계입니다. 우리는 안전과 안위를 제공하는 가장 단순한 일생생활을 영위할 줄 아는 능력도 가지고 있습니다.

그렇지만 사랑은 많은 노고를 필요로 하는 하나의 과업입니다. 그것은 매 시간 우리를 생산해내며 재창조합니다.

인격은 서로 끼워 맞추기가 어려운 부품들을 가지고 실타래처럼 엉킨 감정들로 무장하는 게임과도 같습니다.

누군가가 나에게 이런 말을 했습니다.

"사람들은 제가 못생겼다고 했어요. 그래서 저는 누군가에 의해 존중받고 선택받을 자격, 다시 말하면 행복해질 자격이 없다고 확신하게 되었어요."

또 다른 사람은 이렇게 말했습니다.

"나는 살찐 뚱보였어요. 하지만 아빠는 항상 내가 예쁜 눈을 가지고 있으며 영리하고 사랑스럽다고 말씀하셨지요. 드러내놓고 말하진 않았지만 그 분은 나에게 몸 관리를 해야 하지만 그것이 전부는 아닐 뿐더러 그것이 내 운명을 결정지을 수는 없는 것이라고 가르쳤어요. 이제 누군가가 유행에 뒤떨어졌다는 이유로 나를 사랑하지 않는다면 그는 내 마음을 사로잡지 못할 거예요."

가정은 우리가 따르거나 혹은 위반할 수도 있는 첫번째 판단 기준을 제공합니다. 그 판단 기준이 우리를 짓누른다면 그것에 저항하는 것이 오히려 구원이 될 수도 있습니다.

하지만 그것은 무척 어렵습니다. 만약 성공한다면 거의 영웅적인 일이 될 것입니다. 우리는 가능한 선까지만 해방될 수 있거나, 아니면 어느 순간 허리에 손을 얹은 채 위압적인 자세로 문 뒤에서 나타나 자신에게 선고를 내리는 사람과 마주치게 될 것입니다. 그럴 경우에는 자유도 없고 사면도 없게 됩니다.

사람들은 일찍부터 나를 가르쳤습니다. 나에게 부여된 자유는 기본적인 것이고 자신의 존엄성에 관련된 것이며 자신이 선택한 것은 스스로 책임을 져야 한다고 말입니다. 게다가 나 역시 다른 사람들과 마찬가지로 모든 것이 잘못된다 할지라도 항상 누군가가 나를 위해 나서줄 것임을 알고 있었습니다.

나에게는 그것이 기본적인 가정관이었습니다.

그 가정이란 비록 나를 이해하지 못하고 이따금 나의 행동이나 말을 인정하지 않는다 해도, 현재의 내 모습—혹은 내가 노력을 통해 이룰 수 있는 내 모습—대로 나를 존중하고 사랑할 그룹이거나 사람들을 의미합니다.

어떤 단계에서든지 자신이 인정을 받고 있다는 기본적인 느낌이 아쉽습니다. 그렇습니다. 나는 멋진 삶을 누릴 자격이 있습니다. 개인적인 노력과 감정에 대한 재교육 등 긍정적인 경험들을 통하여 훗날 우리의 자긍심의 수위를 높이고 강화할 수 있을 것입니다.

치료 요법 가운데 하나인 자기 인식은 우리의 시야를 깨끗하게 해줄 것이며 자신을 보다 잘 이해하도록 인도해줄 것입니다. 파도가 아무리 험난하더라도 그것을 헤쳐 나가게 해줄 뿐만 아니라 깊은 상처와도 함께 살아갈 수 있는 능력을 줄 것입니다.

친구나 애인 등 누군가에 의해, 어떤 그룹에 의해 자신이 존중받고 있음을 느낀다는 것은 한 개인의 삶에 결정적으로 중요할 수 있습니다. 하지만 그렇게 된다고 해서 모든 것이 해결되는 것은 아닙니다.

인생의 기초적인 무언가에 문제가 있을 경우 우리의 삶은 자신이 견뎌낼 수 있는 것 이상으로 어려움을 겪을 수 있습니다.

인생 초기의 치명적인 상처로 인해 우리는 사방을 두리번거리며 쫓기는 듯한 삶을 살아갈 것입니다. 이번에는 누가 나에게 상처를 입힐까? 다음 충격은, 다음 배신은 어디서 올까?

성장하고 성숙해가면서, 나이 들어가면서 우리는 어떤 시각으로 자신을 깊이 성찰하게 되는 걸까요?

이따금 당신은 자신을 되돌아보고 질문을 던지기 위해 발길을 멈추고 있나요?

우리가 세상을 바라보는 방식과 삶을 살아가는 방식은, 거울 속의 모습이 가지고 있던 과거를 그대로 반영하고 반복하는 것일까요? 그렇지 않으면 모든 노력을 다하고 또 그것이 요구할지도 모르는 고통도 다 인내하면서 자신만의 확고한 자세를 확립해 나가는 것일까요?

서로 상반된 모습을 지닌 우리는 상황에 따라 두려움과 망설임, 과감함과 열정을 띠기도 합니다. 어두운 방안에 몸을 숨길 수도 있고 밖으로 나와 태양을 향해 두 팔을 벌릴 수도 있습니다. 그런가 하면 두 가지 태도를 번갈아 취하면서 자신과 시간을 낭비하기도 하고 때로는 아껴 쓰면서 많은 저축을 하기도 합니다.

우리는 이 모든 것의 복합물입니다. 그러한 행위는 우리를 죄에서 면해주거나 아니면 제거하는 행위가 될 것입니다.

설령 당신이 타인에 대해 마음의 문을 닫고 있다 해도 그의 잘못만이라고 할 수 없습니다. 각각의 단계마다 우리는 자신이 추구하는 스스로의 모습을 꾸려갑니다. 때로는 어떤 선을 긋기도 하고 점을 찍기도 하며 또 때로는 어떤 색깔을 입히기도 합니다.

우리는 가면을 쓰도록 강요당할 수도 있습니다. 하지만 자신의 마음 한가운데에는 우리가 스스로에게 부여한 이름이 메아리칠 것입니다. 그 이름이란 바로 우리의 인감도장과 같은 것입니다.

영혼의 이론

　심리학적 영역과 인간관계에 관하여 더 많은 자료와 연구 성과를 얻으면 얻을수록 우리는 점점 더 불안해집니다. 문명화될수록 자연에서 더 멀어지고 있습니다. 그 어느 때보다도 자연과 관련해 많은 말을 쏟아내는 시대에 살고 있음에도 불구하고 우리는 자연에서 더 멀어져가고 있습니다. 결국 자연인이 된다는 것이 자연인이 되지 않는 것으로 변하고 말았습니다.

　이러한 현상은 자식을 기르는 데도 마찬가지입니다.

　우리는 온갖 매체를 통해 우리의 안방 문을 두드리는 수천 가지의 이론을 접하고 있으며, 우후죽순 격으로 생겨나는 온갖 종류의 치료요법들로 인해 혼란에 빠져 있습니다. 우리는 이제 '자식을 낳아 기른다는 것이 결코 쉬운 일이 아니다.' 라는 확신을 갖게 됩니다.

'아이들은 생각하지 않는다.' 는 과거의 극단적인 단계에서 이제는 '아이는 복잡한 문제' 라는 또 다른 극단의 단계로 바뀌고 있습니다. 갓난아기 때부터 청소년기까지 어떻게 자식을 다룰 것인가 하는 갖가지 방법들이 가뜩이나 혼란에 빠져 있는 부모들을 더욱 고통스럽게 하고 있습니다.

혼란은 좋은 충고자가 아닙니다. 어찌할 바를 모른 채 허둥대는 것은 자식을 올바로 사랑하는 것이 아닙니다.

우리는 최고의 스승을 잊고 있습니다. 그 스승이란 상식을 의미합니다. 그것은 곧 우리가 마음속에 간직하고 있는 소리를 귀담아 듣는 것입니다. 사람들이 케케묵은 것으로 생각하는 이른바 '직관' 이라고도 말할 수 있습니다.

이제 기억하시겠습니까? 분명 우리는 상식을 '가질' 필요가 있으며 그 소리를 듣기 위해서는 마음속에 다른 '무언가' 를 가지고 있어야 합니다.

그렇지 않으면 갓난아이가 거친 목소리로 울거나 덜 적극적으로 움직일 때마다(일반적으로 아이들은 단순한 생각을 하며 사람들이 자신을 조용히 내버려두기를 원합니다) 우리는 황급히 관련 전문가를 찾아 나서야 합니다. 그러면 그 전문가는, 매일 아이를 감싸 안은 다음 젖 꼭지를 물리고 눈을 쳐다보며 가슴에 꼭 안아주라고 가르칩니다.

우리는 그렇게 심란해진 것 외에도 잘못된 지침을 받습니다.

우리에게는 관찰하고 깊이 생각하는 습관이 부족합니다. 우리는 자신의 내부를 바라보게 하는 거울을 피하려고 합니다. 시간이 걸리든 아니면 잘못된 방향으로 가든 당신은 나날이 성숙해가고 있다고 착각합니다. 하지만 알고 보면 우리는 아이를 가진 '아이'입니다.

우리는 심사숙고하여 결정하기를 좋아하지 않습니다. 누군가가 나에게 말하더군요.

"만일 내가 가던 길을 멈추고 심사숙고한다면 모든 것이 무너져 내리고 말 것입니다."

당신은 복잡하게 뒤엉킨 실타래 속에 숨겨진 실의 끝자락을 만나는 것이 두려운 것입니다. 그 끝을 당기면 실타래 전체가 헝클어지고 이제껏 쌓아놓은 삶이 일시에 무너져 내릴 것이라는 두려움을 가지고 있습니다.

하지만 무너짐은 긍정적인 일이 될 수도 있습니다. 그 무너져 내린 잔해를 쓸어 모아 다시 시작할 수 있을 것이기 때문입니다. 그리하여 우리를 지탱하고 있는 지금의 구조물보다도 더 자연스럽고 더 좋은 마음의 구조물을 만들 수 있을지 누가 알겠습니까? 또한 그 구조물을 바탕으로 자식들에게 책에도 없고 전문가의 상담실에도 없는 평온하고 긍정적인 어떤 유산—그리고 어떤 메시지—을 줄 수 있을지 누가 알겠습니까?

하지만 지금 자연스러운 존재가 된다는 것이 심각한 위기에 몰려 있습니다.

인류가 발명한 숱한 도구들이 첨단화되고 또 그것의 사용이 일상화되고 있습니다. 그 때문에 우리에게는 그저 단순성과 상식에 호소하는 것만으로도 충분한 것을 복잡한 전략을 사용해 해결하려는 경향이 생겼습니다. 선한 마음과 정이 넘치는 분위기에서조차도 멍청한 방법론들에 의해 야기된 혼란이 우리의 탄생 이전부터 있어 왔습니다. 그 혼란은 부정확한 몇몇 이론들과 관련이 있거나, 아니면 심리학이나 과학과는 아무런 상관이 없지만 내가 '잡지의 심리학'이라고 부르는 것과 관련이 있습니다.

나는 심리학 분야의 전문가들을 높이 평가하고 있다는 사실을 거듭 강조하고자 합니다. 4년간의 치료요법은 내가 매우 어려웠던 시기를 극복하는 데 큰 도움을 주었습니다. 나는 여건이 허락되는 한 언제든지 내게 방향을 설정해주었던 뛰어난 그 전문가에게 경의를 표할 것입니다.

대부분의 직업 이상으로 그 분야는 우리가 고통을 겪기 때문에 접근하게 되는 분야입니다. 우리는 나약한 존재입니다. 그리고 그 새로운 분야의 복잡한 내면은 알지 못합니다. 의지할 곳 없는 우리는 그 분야의 전문가에게 자신을 맡깁니다.

최근 들어 나는 엄숙한 진료실의 분위기보다는 댄스 파티에나 더 적합해 보이는 옷을 입고서 환자들을 맞이하는 몇몇 젊은 의사들을 관찰해오고 있습니다. 나는 바로 거기에서, 어느 수술대 위에서 내과 시술을 하는 것보다 훨씬 더 심각한 무언가가 발생할 수 있을 것이라고 말해왔습니다. 즉 사람들은 거기에서 가난한 자신의 영혼을 고치려 시도할 지도 모릅니다.

사춘기 소녀들이나 입을 법한 미니스커트, 배꼽 티, 짙은 화장 같은 겉모습과 저속한 제스처 따위는 존중할 만한 여러 관련 정보들과 이론들을 무색하게 만들어버립니다. 나는 그것이 환자에게 과연 신뢰를 줄 수 있는 것인지, 그리고 과연 도움을 줄 수 있는 것인지, 특히 방향 설정에 도움을 줄 수 있는 것인지 확신이 서질 않습니다.

이쯤해서 나는 어느 병원의 간호 병동에서 자신의 교수와 순회 진료를 하던 어떤 레지던트 그룹의 이야기를 꺼내볼까 합니다.

누가 봐도 아슬아슬한 옷차림을 한 젊은 여자 레지던트가 자기 교수의 귀에 대고 다음과 같이 일러바쳤습니다.

"교수님, 제가 가까이 갔을 때 14번 침대에 있던 남자 환자가 자위행위를 하기 시작했어요."

그러자 교수가 그녀를 아래위로 훑어보고는 조용히 대답했습니다.

"이봐, 자네 옷차림부터 잘 살펴보라고."

나는 인간의 정신 분야에 종사하는 모든 전문 여성들이 반드시 존경받는 귀부인과 같은 품행을 유지해야 한다고는 생각지 않습니다. 하지만 그녀처럼 아슬아슬한 옷차림으로 자신의 도움을 필요로 하는 환자의 마음을 어지럽혀서는 안 될 것입니다.

우스운 일처럼 보일지는 몰라도 나는 이러한 상황을 매우 진지하게 생각합니다.

나는 진지한 문제를 정말 진지하게 생각하는 사람입니다. 나는 그것이 육체적이든 정신적이든 그 병의 심각성을 진지하게 생각합니다. 그리고 또 사람들로 하여금 육체와 정신을 동시에 다스리는 의사를 찾아가게 하는 신뢰의 필요성과 절실한 도움의 필요성을 진지하게 생각합니다.

이 모든 것은 집안의 아버지와 어머니에게도 적용됩니다.

아버지는 무서운 백정도 아니요 그렇다고 해서 형제도 아닙니다. 그 분은 아버지여야 하고 또 든든한 바람막이이자 따뜻한 보호막이어야 합니다. 즉 권위가 있어야 하고 추운 북쪽 지방의 이미지를 가지고 있어야 하며 그와 동시에 보호막이어야 합니다. 다정한 친구와 같은 이미지를 주어야 하지만 그와 동시에 확고한 자세를 견지해야 합니다.

어머니는 그저 그런 친구가 아니라 어머니다워야 합니다. 어머니는 자식들이 커서 모든 것에서 실패하고 최고의 친구들에게도 도움을 요청할 수 없을 때, 유일하게 의지할 수 있는 사람이라는 것을 아는 그런 분이어야 합니다. 자신의 어린 딸과 화장할 때나 옷을 고르고 입을 때에도 경쟁을 일삼는 위선적인 젊은 어머니가 되어서는 안 되며, 마치 현실에 살고 있지 않는 것처럼 그로 인해 발생할 수 있는 어색함을 무시하는 어머니가 되어서도 안 됩니다.

내 생각이 여러분의 마음에 별로 안 드는 완고함이라고 보십니까? 하지만 인생은 그것보다 훨씬 더 엄격하고 험난할 수 있습니다.

사랑한다는 것은 어린 아이가 균형 잡힌 인격체를 형성하는 데에 수단을 제공한다는 뜻입니다. 사람들은 그 균형이 무엇이냐고 물을 것입니다.

그 질문에 대하여 나는 각자가 선천적으로 균형감각을 가지고 있다고 대답할 것입니다. 이 대답만으로도 첫번째 장애물에서 헤매지 않게 될 것입니다. 그 '균형'을 위하여 고급스런 교육이나 엄청난 물질적 대가가 요구되는 것은 아닙니다. 그 문제를 이론화한다든가 논쟁을 벌이는 것 또한 중요하지 않습니다. 따스한 보금자리와 기운차게 북돋아주는 것, 주의 깊게 귀를 기울여주는 것이면 충분합니다.

우리의 과거에 잘못되고 아쉬운 점이 있다고 할 때 우리에게 입을 옷과 신을 준 적은 있되 현대식 전자 장난감이나 발레 또는 외국어 수업은 제공하지 못했다는 것이 아닙니다. 넘어져서 얼굴과 마음이 상하게 한 땅바닥이 아닙니다. 잘못된 것이 있다면 그것은 적대적인 분위기에서 비롯된 것입니다.

이는 곧 준비가 되어 있지 않았거나 불행했던 부모님을 의미합니다. 적대적인 분위기라는 함정은 가난, 좋지 않은 학교, 겸손한 옷, 허름한 집, 도심 외곽지대 혹은 과로들보다도 오히려 더 많은 피해를 주게 됩니다.

튼튼한 토양은 사랑의 관계입니다. 즉 밝고 명랑한 자세와 다정함, 관심이 그것입니다.

하지만 하루하루가 희생이고 집안에서조차 서로 대화를 나누지 않는 상황이라면 어떻게 그런 관계를 가질 수가 있겠습니까? 우리에게 신문을 읽을 시간도 없고 월말에 들어오는 수입도 없으며 하루를 시작할 즐거움이 없다면 사랑한다는 것은 사치에 불과합니다.

따라서 나는 아이를 갖고 낳는다는 것이 커다란 책임감을 의미한다고 말합니다. 책임감이 없이 아이를 낳다보면 육체적인 생명을 낳는다는 의미를 넘어 매우 복잡한 인간 존재들을 양산하고 말 것입니다.

깨지기 쉬운 가족관계, 그로 인한 돌발적인 재앙들, 불안정, 판단이 잘 서지 않는 상반되는 정보 따위가 난립함으로써 아이들의 교육을 더욱 더 힘들게 하고 있습니다. 그래서 많은 사람들이 그러한 문제를 탁아소, 유치원, 학교, 심리학자, 또래 친구들에게 떠 넘기곤 합니다.

당신은 각박하게 살아가기 때문에 파김치가 되어 귀가한 당신에게 가족 구성원 누구도 자신의 감정을 표현하고 대화하기를 요구할 수 없습니다. 당신은 너무나 지쳐 귀가하므로 가족이 필요로 하는—혹은 우리가 가족에게 베풀어야 한다고 생각하는—대화 등과 같은, 일종의 소비 욕구를 만족시키기엔 역부족일 때가 많습니다.

그 이유는 아이를 임신하여 낳는 것이 자연스러운 일이라고 한다면, 기른다는 것은 자연스러운 것에 중첩되는, 다른 어떤 사회와 문화 속에 아이를 갖다 놓는 것이기 때문입니다.

물론 내 말이 반복적이어서 지루하기도 하고 문제가 많다고 느껴질 수도 있습니다.

그런데 우리는 지금 엄격한 교육이라는 극단에서, 단순화하는 경향이 있는 탈교육 단계로 넘어가고 있습니다.

요즘은 일반인들도 심리학을 통해 잔인하지 않은 가정교육을 한다고 할 수 있습니다. 하지만 얼마 전까지만 해도 상당히 기능적인 모습을 지닌 가정에서조차도 테러에 가까운 가정교육을 시켜왔습니다.

"만일 네가 씨앗들을 삼키면 그날 밤 사이에 너의 뱃속에서 나무가 자랄 거야, 만일 네가 거짓말을 한다면 너의 코가 커질 것이고 그러면 경찰이 와서 큰 가위로 코를 자를 거야, 만일 네가 과일을 씻어 먹지 않으면 너의 배는 무시무시한 벌레들로 가득 찰 거야……." 등등.

그런데 오늘날 우리는 정반대편에서 허우적거립니다.

이해하기는 쉬워도 논리성을 벗어난 사이비 심리학이 만개한 때문입니다. 그들의 얄팍한 논리에 놀란 부모들은 자녀가 '크게 다치기라도' 할까봐 미리부터 넘어서는 안 될 경계선을 설정하곤 합니다. 정확한 정보가 없어서 불안해진 부모들은 반드시 필요한 것도 아니요 그렇다고 시기적절한 치료가 아닌 줄도 모른 채 사방으로 전문가를 찾아다닙니다.

병원 응급실로 황급히 달려와 간호사들에게 자기의 갓난아기 손톱을 잘라달라고 하거나 아니면 '오늘 아이가 좀 조용한 것 같다.'는 이유만으로 아이의 맥박을 재달라고 하는 부모들을 본 적이 있습니다. 그런데 여의사는 단지 아이를 따뜻한 물에 목욕시키고 기저귀를 새것으로 갈아주기만 하면 된다고 답하더군요.

아이의 손톱을 깎는 것이나 맥박을 재는 것 따위는 긴급한 상황이 아닙니다. 또한 기저귀가 더러워진 것 역시 긴급한 상황이 아닙니다.

사랑과 관심의 부족이 바로 긴급한 상황입니다.

심리학이 그러한 상황을 이해하고 안심시키는 데 도움을 주지만 인격을 형성하는 데는 도움을 주지 않습니다. 그와 마찬가지로 학교도, 유치원도, 탁아소도 우리가 알고 있는 이른바, 가정이라는 것과는 다릅니다. 여의사들이 당신 자녀의 어머니거나 숙모는 아닙니다. 아무리 그녀가 괜찮고 존경할 만한 사람이라고 할지라도 우리 자신의 의무를 그러한 제3자에게 맡겨서는 안 될 것입니다.

그 의무가 무엇이겠습니까?

이따금 잔인하고, 힘들고, 쫓기는 일상생활에서도 당신의 따스한 마음의 공간을 열어두는 것입니다. 또한 시간을 정해서 나누는 기능적인 대화가 아니라 지속적이고 습관화된 관심과 따뜻한 마음의 움직임에서 우러나오는 대화의 문을 의미합니다.

가정에서 사랑이란 하나의 예술이기도 하고 곡예이기도 하며 또 이따금 영웅적인 행위이기도 합니다. 즉 우리가 숨 쉬는 공기처럼 필수 불가결한 것입니다.

누군가에게 이 삶을 살아가도록 하는 것은 말로써 되는 것이 아니라 함께 살아가면서 이루어지는 것입니다. 또 누군가에게 그 자신이 미래에 갖게 될 인간관계와 직업, 가정과 삶을 위하여 준비를 시키는 것은 그가 인간적이고 온유하고 관대하고 확고하고 또 윤리적인 인간이 되게 함으로써 가능해집니다. 즉 인간적 품성을 갖춤으로써 가능한 것입니다.

삶은 하나의 선함이라는 생각, 우리가 자유와 행복을 만끽할 자격이 있다는 생각은 그러한 것을 믿음으로써 전파되는 것입니다.

우리의 미래는 가정에서 먼저 이루어집니다. 자식들을 존중해주는 것은 그로 하여금 타인과 바로 자신에 대한 존중심을 갖도록 할 것입니다. 집안에 한 명의 아이가 더 태어나면 큰아이에게, 다른 사람과 뭔가를 나누어 갖고 건전하게 경쟁을 하면서 관대하게 사랑하는 법과 나아가 자신을 보다 값지게 만드는 법을 가르쳐야 합니다.

그것은 연습된 말로써 주입되는 것이 아닙니다. 어떤 보편적인 행동방식을 통해 이루어지는 것입니다. 우리는 그것을 분위기라고 부릅니다.

그렇다면 우리 가정의 분위기는 어떻습니까?

만일 어른의 자세나 행동이 신뢰를 주지 못한다면 친근한 말도, 장난도, 치료요법도 아무런 의미가 없게 됩니다. 그 결과는 아이에게 사랑한다는 것이 치명적인 상처를 남기는 것이 아니라는 점과 사회생활에서 서로를 신뢰하는 것이 얼마든지 가능한 일이라는 점을 설득하지 못하게 될 것입니다. 또한 동생이 태어나는 것이 얼마나 좋은 일인지도 설득하지 못하고 말 것입니다.

가족적인 분위기는 우리 아이에게 가족, 형제, 친구, 애인 등을 가진다는 것이 좋은 일이며 가치 있는 일이라는 것을 가르쳐줄 것입니다. 또한 그에게 배신을 당하지 않고 남을 사랑하고 존중하는 것이 얼마든지 가능하다는 사실도 일러줍니다.

다른 사람과 함께 산다는 것은 알력을 낳기도 하지만 그 반대로 기쁨과 성장을 가져다줍니다. 형제들 간에도 시기와 질투가 존재할까요? 물론 그렇습니다. 그러한 현상은 정상이며 앞으로 그가 겪게 될 인간관계를 미리 예습하게 해줍니다.

나눈다는 것이 안 좋은 일일 수도 있고 또 불유쾌한 일일 수도 있습니다. 장난감, 부모, 집, 나아가 이 세상 전부를 혼자 독차지하고 싶지 않은 사람이 어디 있겠습니까? 하지만 그러한 것들을 나누어 가짐으로써 자긍심이 높아지고 나아가 타인과의 관계를 풀어나가는 능력도 강화될 것입니다. 그것은 긍정적인 일로서 분명 우리 모두는 그것에 동의할 것입니다.

이러한 것들은 깊은 연구나 돈을 요구하지는 않습니다. 단지 헌신과 섬세함, 따뜻한 마음이 필요할 뿐입니다.

그것은 우리에게서 태어난 아이들이 기대할 수 있는 최소한의 것들입니다.

우리의 선조들은 우리가 실질적으로 자식에게 물려주는 유산이 집도 아니요 은행 계좌도 아니며 공부는 더더욱 아니라고 말하곤 했습니다.

자식들에게 실질적인 자양분이 될 수 있는 진정한 보물(혹은 그것으로부터 해방되어야 하는 보물)이란 우리가 일상생활을 통해 그들에게 전하는 메시지입니다. 그것은 어떤 특별한 순간을 위해 선택된 말들 속에 있는 것이 아닙니다. 크리스마스 이브에 있는 것도 아니고 생일 파티에 있는 것도 아니며 설교 시간이나 칭찬 속에 있는 것도 아닙니다. 하지만 다음과 같은 말들은 고개를 갸우뚱하게 할 내용들입니다.

"너에겐 지금 동생이 필요해. 그래야 덜 이기적이 되는 법을 배울 테니까!"

"네 동생이 태어나면 너의 그런 짓거리도 모두 끝장이야."

"내년이면 네가 학교에 가게 된다니 참 잘됐구나. 거기서 규율이 무엇인지를 배우게 될 거니까!"

"네가 크면 좋다는 것이 무엇인지를 배우게 될 거야. 마음껏 뛰고 놀아도 되는 지금을 한껏 즐기려무나."

"너도 결혼해서 아이를 가져보면 어렸을 때가 그리울 거다."

"네가 얼른 결혼을 해서 많은 자식들에게 둘러싸여봐. 그리움이란 것이 얼마나 가슴을 저미게 하는지 알게 될 테니까."

정이라는 것이 의무일 만큼 정서적으로 종속돼 있는 것인가요? 우리가 정말로 그렇게 느끼고 그렇게 생각하며 그렇게 빈곤한 애정을 가지고 있는 건가요? 아니면 자식을 위협하는 것이 교육적이라고 생각하는 걸까요? 우리가 그렇게 배웠다면 우리는 자신의 그러한 부족함을 고치기 위해 지금까지 과연 무엇을 했습니까?

더욱 황당한 것은 앞의 말들뿐만 아니라 당신의 제스처나 목소리, 시선, 화학공식처럼 복잡한 여타 행위들이 바로 자신의 정서를 대변하고 있다는 것입니다. 그러한 것들이 바로 우리의 방과 침대, 집안, 식탁을 차지하고 있습니다.

그러한 히스테리는 사람마다 그룹마다 다릅니다. 하지만 따뜻한 정이나 참을성이 없는 것, 또는 충실한 동반자로서의 자세나 충실하지 못한 행위가 곳곳에서 동시다발적으로 벌어지고 있는 것이 오늘의 실상입니다.

사람들 사이의 알력도 현실의 일부입니다. 분명한 것은 그것을 숨기는 것보다도 드러내는 것이 피해를 덜 준다는 것입니다. 양탄자 밑으로 그것을 숨기면 그 상태가 명확히 드러나지 않아서 더욱더 치명적인 종양으로 발전합니다. 모든 인간관계는 그것이 급작스럽고 고통스럽더라도 그때그때마다 재조정될 필요가 있습니다.

나는 어떠한 상황에서도 사랑이 가능하다고 믿는 사람들 중 하나입니다. 더 많이, 더 좋은 방식으로 사랑하는 것―그리고 기쁨으로 사랑하는 것―이 가능하다고 믿는 그런 사람 중 하나입니다. 우리를 사랑하는 사람들―그리고 우리가 사랑하는 사람들―이 반드시 예쁘고 건강하고 명랑한 사람만은 아닙니다. 물론 부모와 자식 사이도 마찬가지입니다.

자식을 가지고 있는 사람이 항상 어린 아이들을 좋아하는 것은 아닙니다. 그것은 성격의 결함도 아니요 사악한 그 무엇도 아닙니다.

반면에 아이를 처음 팔에 안아보는 것만으로도 마음이 더없이 풍요로워지는, 이전에는 전혀 느껴보지 못했던 충만한 감정을 느끼는 사람도 있습니다.

또 어떤 경우의 포옹처럼 강한 마음을 가진 사람들도 있습니다. 하지만 다른 정들은 느끼고 즐길 수 있을지언정 선천적으로 엄마나 아빠가 되지 못할 성격의 소유자도 있습니다.

그런 사람들은 그것에 적합한 감정적 장치들을 갖고 있지 않기 때문입니다(왜냐하면 우리들은 단순히 본능으로만 가득 찬 사람들이 아니기 때문입니다). 그렇지 않으면 그들이 어렸을 때, 아무도 그들에게 사랑하는 법을 보여주지 않았기 때문일 것입니다.

"아빠, 저기 저 예쁜 꽃 좀 보세요! 몇 송이 따서 할머니에게 드리고 싶은데 차 좀 멈춰주세요, 네?"

소녀는 노랗고 붉은 야생화를 몇 송이 꺾었습니다. 그리고 여행을 하는 동안 내내 밝은 미소를 지으며 그 꽃들을 손에 쥔 채 자신의 무릎 위에 올려놓았습니다.

차가 시골집에 도착하자마자 그녀는 할머니에게로 달려갔습니다. 그런데 할머니는 엄숙한 제스처를 취하면서 몸을 잔뜩 웅크린 채 거친 목소리로 말했습니다.

"그거 내다 버려라. 길가에 피는 꽃들은 더러워. 그리고 사람을 무는 벌레들이 숨어 있어!"

나는 그때 그 소녀가 지은 표정을 결코 잊지 못할 것입니다.

그렇게 차가운 태도를 보인 할머니는 나쁜 사람이 아니었습니다. 정이 메마른 사람도 아니었습니다. 하지만 그녀 역시 어렸을 때 지금의 손녀와 똑같은 경험을 했던 것입니다. 그때 이미 세상과 인간에 대한 그녀의 믿음도 잠재적으로 뒤집힌 것이 틀림없습니다.

"너를 낳은 것은 미처 예기치 못한 사고였어. 내가 너를 사랑하는 것은 분명하지만 난 정말 자식을 갖고 싶지 않았거든."

"나는 단지 네 오빠만을 원했었어. 그런데 네 아빠가 딸을 갖고 싶어 했던 거야."

이런 말들은 자녀의 뺨을 때리는 행위는 아니지만 말 그대로 그녀의 자긍심에 큰 상처를 남기는 말입니다.

사람들은 자식을 낳으면서 정서적으로 지나치게 부담을 느끼지 말아야 할 것입니다. 나는 누구를 구속하는 정이나 누구에게 맹목적으로 주는 정도 신뢰하지 않습니다. 그런 정은 비록 나에게 아무리 근본적인 것이라고 하더라도 다른 사람에게는 필요가 없거나 지나치게 부담이 되는 것일 수 있습니다. 물론 그것으로 인하여 그 사람이나 내가 상대방보다 더 나쁘거나 좋은 사람이 되는 것은 아닙니다.

자식을 갖는다는 것이 남녀 간에 반드시 좋은 결합을 보장하는 것은 아닙니다. 하지만 우리는 그래야 하기 때문에, 가족이 원하기 때문에, 사회가 기대하기 때문에, 배우자가 그것을 꿈꾸기 때문에 첫 자식을 갖게 됩니다. 어떤 형태로든 스스로가 그것을 요구하기 때문에, 설령 자식을 갖겠다는 생각이 마음에 내키지 않더라도 첫 자식을 갖게 됩니다.

그 다음 정확히 알 수는 없겠지만 결혼을 보장받기 위하여 또는 뭔가 제대로 되는 것 같지 않은 것을 바로잡기 위하여 한두 명의 자식을 더 갖게 됩니다. 또는 허전한 마음을 채우기 위하여, 즉 '별 생각 없이' 한두 명의 자녀를 더 갖게 되기도 합니다. 이렇게 해서 돌멩이 하나를 물에 던졌을 때 파동을 일으키는 것처럼 정이 무너져 내리는 배경이 형성됩니다.

내가 우리집에 두 명의 쌍둥이 여자 아이들이 태어날 것이라고 기뻐하자 사람들은 나에게 못마땅한 듯이 말했습니다.

"그러니까 당신은 정말로 손녀들이나 돌보는 할머니가 되길 바라는 거예요?"

내가 두 손녀의 탄생 소식을 전했을 때 그 얘기를 들은 몇 사람은 부정적인 반응을 보였습니다. 물론 사전에 전혀 알지 못했기 때문에 솔직한 표현이었을 겁니다.

"쌍둥이 손녀라고요? 두……명이나요? 어이구 골치야! 좋은 시절도 이젠 끝났군요! 당신 딸이 안됐네요! 두 아이들 언니도 참 안

됐고. 언니는 벌써 질투하고 있죠?"

그런데 이들의 예상과는 달리 일도, 기쁨도 두 배로 늘어났습니다. 사실입니다. 일반적으로 아이의 질투란 자신의 세계에 경쟁자와 동반자가 생길 때 일어나는 자연스러운 감정입니다. 그 경쟁자들이나 동반자가 반드시 적인 것은 아닙니다. 하지만 형제를 갖는다는 것은 정상적인 일이며 그로 인하여 가정이 밝아지면 즐거운 일입니다. 건전하고 사리분별이 확실한 가정에서 자라나 형제를 갖게 되는 아이는 다른 사람과 서로 나눌 준비를 합니다. 또 자기의 동생을 존중하면서 자신의 존재를 확립해 나갈 준비를 합니다.

그 쌍둥이가 태어난 지 몇 개월이 지난 지금까지도 사람들은 나에게 묻습니다.

"그 가엾은 언니는 요즘 어떻게 변하고 있어요?"

그러면 큰아이를 보살피고 있는 나는 당연히 그 애가 아주 잘 자라고 있다고 대답합니다. 사랑이 충만하고 아주 평온한 분위기에서 자라는 아이는 다양한 방법으로 그 '문제'를 해결합니다. 그것은 다음과 같이 아주 매력적인 태도를 통해 잘 나타나고 있습니다.

어느 날 그 아이는 두 개의 작은 여자 인형이 달린, 머리 장식품 하나를 선물로 받았습니다. 그런데 누군가가 물었습니다.

"네 동생들이니?"

그녀가 말했습니다.

"무슨 말씀이세요? 아니에요. 이 두 인형은 엄마랑 저에요."

우리는 두 개의 아기 침대를 장식하기 위하여 천으로 만든 큰 인형들을 산 적이 있었습니다. 쌍둥이 여동생 중 한 명이 그 두 인형 중 하나를 잡더니 한 이틀간 가지고 놀았습니다. 그러자 화가 난 언니가 말했습니다.

"엄마가 하나는 나를 위해 샀고 다른 하나는 페르난다를 위해 샀어. 파비아나 것은 잊어버린 거야. 하지만 금방 또 사오실 거야."

우리는 그 아이를 나무라지도 않았고 또 엄마가 다른 인형을 사올 거라는 말을 부정하지도 않았습니다. 그녀는 자신의 세계 속에서 각각의 아이들에게 해당하는 자리를 설정하고 있었던 것입니다. 분명히 말하건대, 그 쌍둥이 여자 아이의 자리는 꼴찌가 아니며 또한 심각하게 위협받고 있지도 않았습니다. 얼마 지나지 않아 그녀는 인형을 내려놓았으며 자신이 평소에 갖고 놀던 인형을 집었습니다.

현재 우리집에서의 행동은 재조정되어야 할 상황으로, 특히 네 살배기 소녀에게는 더욱 그러합니다. 우리는 그와 동시에, 요구사항이 가득한 두 명의 어린 생명들을 돌보고 있습니다. 이따금 집안의 모든 여자들이 침대 주위에 모여들어 두 자매의 애교에 감탄을 하기도 하고 그들과 사랑을 나누기도 합니다. 또 이따금 긴급한 상황에는 도움을 주기도 합니다.

나는 지금 내 컴퓨터 옆에 젖병이 놓여 있는 책상 사진과 지금 글을 쓰고 있는 이 책상 의자 옆에서 잠자고 있는 두 아이의 유모차 사진을 놓아두고 있습니다.

과연 그 사진 속 내용이 어떤 의무나 귀찮은 일을 의미할까요? 그것은 사랑이 가득 담긴 나의 선택에서 나온 것입니다.

그것은 내가 착한 사람이거나 아주 전통적인 사고방식의 여자여서가 아닙니다. 그것은 우리 모두에게 있어서 어떤 단계에서 부딪히는 일이자 매력적인 무엇이기 때문입니다. 이런 방식으로 우리는 더 많은 사랑과 인내심, 깊은 생각을 연습합니다.

하루하루를 되돌아보면 분명 기쁨이 여타의 모든 것들보다 더 큰 비중을 차지합니다. 그리하여 긴 세월이 방해할 수 없는 정의 관계가 형성됩니다.

가족에게도 항상 내가 바랐던 존재가 되기를 희망합니다. 말하자면, 약점이 많고 복잡하지만 사랑이 가득한 사람, 그래서 다른 가족 구성원들을 즐겁게 하는 사람이 되기를 희망합니다. 나의 모든 실수와 과오, 좋지 않은 습관에도 불구하고 나는 서로의 관계와 정을 중요하게 여깁니다. 그리고 그것이 결국 가치 있는 일이라는 사실을 확인합니다. 환희의 감정이 나를 깨우쳐주는 거죠.

나는 누군가가 언제든 나를 배반할 거라고 생각하며 살지는 않습니다. 물론 나는 자주 두려움을 느낍니다. 이따금 오해도 합니다. 그리고 사랑하는 사람에게 상처를 입히기도 합니다. 이따금 분명한 이유 없이 나 스스로가 상처를 받았다고 느끼기도 합니다.

그럴 때 비극적인 인생 드라마는 바로 나의 것입니다. 정도 엄청 많이 늘어난 이 나이에 축하할 일이 있을 거라고 두 번 이상 생각했다면 그것은 큰 실수입니다. 그리고 어떤 만남을 상상했을 때 나에게 돌아온 것은 고독이었습니다. 또한 따뜻한 포옹을 원했을 때 돌아온 것은 내가 남들로부터 격리되는 것이었습니다.

아니 어쩌면 내가 바랐던 것의 상당 부분이 기대를 넘어 현실로 이루어졌으며 또 아름다웠고 좋기도 했습니다.

시간과 현대적인 삶의 여러 상황으로 인하여 많은 제약을 받았던 나는 내 선조들의 따스한 사랑을 이어가고 있는 지금 잃은 것보다 더 많은 것을 얻고 있습니다. 우리 모두에게 일어나는 크고 작은 폭풍우 속에서도 그 모든 것이 사랑과 충실, 희망의 기억으로 남기를 기대해봅니다.

남자가 밖으로 나가기 위해 차 열쇠를 집어들 때 초인종이 울렸다 (아내는 아이들을 학교에 데려다주기 위해 벌써 집을 나간 상태였다).

이미 출근 시간이 많이 늦었기에 그는 신경질을 내며 문을 열었다.

—누구시죠?

남자같기도 하고 여자같기도 한, 흑인이면서도 금발인 낯선 청년이 문 앞에 서 있었다. 한편으로 잘 생긴 것도 같고 또 못생긴 것도 같았으며, 키가 큰 거 같기도 하고 작은 거 같기도 했다. 그 청년은 문을 연 남자에게 말했다.

—당신을 데리러 왔습니다.

더 이상 설명할 필요가 없었다. 남자는 그 청년이 죽음의 전령이며 그를 피할 방법이 없다는 걸 알았다. 하지만 협상하는 데 익숙한 그는 무척 당황했음에도 불구하고 천사의 방문에 이의를 제기했다.

—뭐라고요? 그게 무슨 말씀입니까? 아무런 예고도 없이 이렇게 오다니요? 정리할 틈도 안 주는 건가요?

천사는 선하면서도 사악한 미소를 띠며 한숨을 쉰 뒤 말했다.

—이 세상에 나를 다정하게 맞아주는 사람은 아무도 없군요. 떠날 준비가 돼 있는 사람이 단 한 명도 없다는 건가요? 당신이 맞습니다. 당신은 이제 겨우 마흔 살이니까. 하지만 여든이 된 노인도 나와 함께 가기를 거부하니…….

남자는 윗주머니에서 꺼낸 차 열쇠를 더 힘주어 쥐고는 진지하게 말했다.

—나에게 정리할 시간을 주세요.

천사는 가엾은 마음이 들었다. 그 덩치 큰 남자는 정말로 공포에 질려 있었던 것이다.

—좋아요. 이번에 나와 함께 떠나지 못할 피치 못할 이유를 세 가지 든다면 기회를 주도록 하죠.

(아마도 그 천사의 푸르고 검은 눈에 사악한 그림자가 스쳤던 것 같다.)

남자는 자세를 똑바로 했다. 분명히 그는 일이 잘 풀릴 것이라고 확신했다. 그는 협상에서는 항상 유리한 결과를 얻어왔으니까. 하지만 그 세 가지 이유, 아니 그 이상의 이유를 장황하게 늘어놓기 위해 입을 열었을 때 천사가 위엄 있게 손가락 하나를 들어 올리더니 다음과 같이 말했다.

—잠깐! 세 가지 좋은 이유를 대기 전에 말인데…… 자신의 사업을 아직 더 궤도에 올려놓아야 한다든가, 가족이 아직 건실하게 안정을 찾지 못했다든가, 자신의 부인이 아직 수표에 사인을 할 줄 모른다든가, 자식들이 사회현실에 대해서 너무도 모른다든가 하는 따위는 아무 소용이 없다는 걸 알길 바랍니다. 나의 관심사는 바로 당신이니까요. 무엇 때문에 내가 당신을 이 세상에 좀 더 놔둘 필요가 있다는 건지 그 이유를 설명해보세요.

나는 이 우화를 다른 사람들에게서 들은 뒤 나의 다른 책에서 언급한 적이 있습니다. 그 책에서는 천사를 맞이한 사람을 여성으로 그렸습니다. 그녀가 세 가지 이유를 대기 전에 천사는 다음과 같이 말했습니다.

"'남편과 자식들에게는 아직 제가 필요하기 때문이에요.' 라고 말해봤자 소용이 없어요……."

이 짧은 우화는 우리가 스스로에게 얼마만큼 가치 있는 존재인지, 또 우리가 스스로를 얼마나 가치 있는 존재로 평가하는지, 우리가 실제로 자신에 대해 어떻게 느끼고 생각하는지에 대해 말하고 있습니다.

자신의 한계와 더불어 이제까지 무엇을 성취했는지를 잘 알고 있는 어떤 사람이 나에게 말했습니다.

"만일 예순한 살인 내가 열여덟 살 청년으로 이상주의자였던 과거의 나를 지금 만난다 해도 그와 악수하는 것을 부끄러워하지 않을 것입니다. 저는 그 청년의 눈을 똑바로 응시할 수 있을 거예요."

그런 말을 하면서도 그는 엄숙한 척한다든가 자화자찬하는 모습을 보이지 않았습니다. 그 대신에 그저 밝고 기분 좋은 모습을 보였을 뿐이었습니다. 자신에 대한 그 달콤한 아이러니는 스스로에 대한 경멸이 아니라 사랑이었습니다.

우리는 스스로에 대하여 얼마만큼 그렇게 얘기할 수 있습니까? 또한 그 죽음의 천사가 우리를 데려가지 못하도록 하기 위해 어떤 이유를 댈 수 있습니까?

이 이야기는 세월의 흐름에 따라 인간으로서 성장해가는 당신의 삶에 대해 깊이 성찰하게 하는 좋은 동기가 될 것입니다.

또한 그것은 우리가 자신의 삶을 어떻게 계획하고, 어떻게 잃어버린 것을 되찾을 것이며, 또 어떻게 잘못된 것을 무너뜨렸다가 재건축할 것인지에 대해서도 좋은 질문이 될 것입니다. 아울러 한 개인의 인생설계 속에 우리의 몫이기도 한 인류애를 어떻게 삽입할 것인지에 대해서도 좋은 질문이 될 것입니다.

그것은 또 가치 있는 무언가를 가진다는 것이 어떤 의미인지를 생각해볼 좋은 이유가 될 것입니다. 표피적인 것을 추구하는 삶이 아닌 진정한 삶을 평가하는 가치에 대해서도 곰곰이 생각해볼 좋은 이유기도 합니다. 이따금 우리는 그런 생각을 하기 위해 잠시 활동을 멈춥니다.

물론 그렇지 않은 경우도 많습니다. 당신은 지금 혼란스러운 미디어, 유행, 허랑방탕한 소비, 보다 나은 봉급을 위하여, 보다 나은 장소를 위하여, 식당에서 보다 나은 자리를 차지하기 위하여, 다른 사람을 속이는 데 보다 나은 방법을 찾기 위하여, 또 천하기 이를 데 없음에도 불구하고 천박한 위치에 오르기 위하여 아귀다툼의 혼란 속에서 고통을 받고 있을 수도 있습니다.

"아, 나는 나의 가치를 추구할 거야."

"나는 내 가치들을 자식들에게 가르쳤어."

우리는 이런 표현을 아주 쉽게 사용합니다. 그 가치란 것이 어떤 것입니까? 그것은 우연한 설교나 장황한 말 속에서 표현되는 것이 아니라, 친구들 그리고 사랑하는 사람들과 하루하루를 살아가는 내 삶의 방식 속에 녹아들어 있는 것입니다. 그렇다면 과연 그 가치란 것이 내가 살고자 하는 가치들에 기준한 것인가요?

우리는 스스로를 보다 많이 사랑함으로써 보다 나은 삶을 영위할 수 있다는 의식을 가지고 이제 그 문제들을 하나 둘 논하게 될 것입니다.

우선 정면에 있는 벽만을 바라보며 전체 풍경의 일부만을 골똘히 생각하는 관점부터 바꾸도록 하겠습니다. 스스로를 희생자에서 주인의 관점으로 전환하는 것은 아주 좋은 발상입니다.

성숙해지는 것은 현실을 보다 잘 볼 수 있도록 도와주는 것이지 결코 재앙을 의미하는 것이 아닙니다. 독서도 도움을 주며, 아름다운 것과 긍정적인 것을 향해 눈을 뜨는 것 역시 도움을 줍니다. 아울러 사랑하고 사랑받는 것도 도움을 주며 치료요법 역시 도움을 줍니다.

이것들은 최소한 우리가 자기 연민에 빠져 허우적거리게 하는 대신에 수면 밖으로 고개를 내밀 수 있도록 도와줄 것입니다.

자신을 완전히 재창조하는 것은 불가능합니다.

우리의 모습이 갖고 있는 그 윤곽과 틀은 이미 설정되어 있습니다. 우리의 영혼에는 이미 어떤 도장이 찍혀 있습니다. 중요한 것은 당신이 그 한계를 재설정할 수 있다는 것입니다. 당신이 여기서는 색깔을 바꾸고 저기서는 공터를 만들어서 어떤 안식처를 세울 수 있을지 누가 알겠습니까?

그것의 성공 여부는 당신이 자기자신을 얼마만큼 기대하고 믿느냐에 따라 좌우될 것입니다.

나는 우리가 일반적으로 아주 적은 것에 만족한다고 생각합니다. 물론 내가 돈이나 자동차, 집, 옷, 보석, 여행 등 우리가 점점 더 욕심을 내는 것들에 대해 말하고 있는 것이 아닙니다. 나는 윤리, 충실성, 우정, 사랑, 좋은 성생활 등 인간적인 보물들을 말하려는 것입니다.

우리의 날개는 땅에 바싹 붙어 날아야 하거나 몸통을 겨우 끌다시피 날아야 할 정도로 나약하지 않습니다. 또한 캡슐 속에 살면서 고개를 내밀어 밖을 훔쳐보지 못할 정도로 겁 많은 존재도 아닙니다. 우리가 탈출하려는 시간 속에서 이른바 미래라고 하는 그 무엇과 신뢰, 삶 그리고 그 삶의 계획이라는 것들이 우리를 기다리며 환대받기를 원하고 있는지 아무도 모르는 일입니다.

비록 우리가 눈치조차 채지 못한다고 할지라도 그 모든 것은 한 걸음 발전하는 것이요 변화하는 것입니다. 경험의 축적이자 매일매일 부서졌다가 새로 만들어지는 산고의 결실입니다. 우리는 스스로가 그러려니 상상하는 존재보다도 더 나은 존재입니다.

그렇게 매일 다시 태어날 시간에 우리 앞에 놓인 거울에다가 어떤 허무함이나 텅빔 또는 좌절 이상의 것, 다시 말하면 충만한 얼굴, 즉 우리 영혼의 베란다로부터 보이는 어떤 풍경 전체를 비춰보길 바랍니다.

마음을 길들이는 것

서로의 동의도
예술도 아름다움도
나이도 필요치 않습니다.
인생은 언제나 안에 있고
현재인 것을.
(인생은 과감하게 시도되어야 할 나의 것)

인생은 하나의 전체로 존재함으로써
꽃을 피울 수 있고,
그 인생은 찾아서
정복해야 하는 것입니다.

영혼의 동반자

몇 년 전 이 책에서 다룰 특별한 테마들에 대해 깊은 생각을 하고 있을 때였습니다.

나는 여성만을 회원으로 하는 그룹을 만들어서 '성숙: 잃는 것과 얻는 것'이라는 주제로 토론을 해보기로 결심했습니다. 그래서 경험 많은 치료 요법사인 한 여자 친구더러 그 그룹에 참가해보라고 권했습니다.

비록 구성원들이 전문적인 치료 요법사들이 아니었음에도 불구하고 나는 인간의 영혼이라고 부르는 그 창조물에 관한 문제들에 대하여 책이나 토론회보다는 좀 더 직접적인 방식으로 접근하고자 했습니다. 나는 치료 요법사인 친구의 참가를 통하여, 만일에 있을

지 모르는 위기의 순간들에 대해 임기응변식으로 대처하고 싶지
않았던 것입니다.

우리는 최대 10명을 참여자로 모으기로 하고 그들이 '성숙해진
다는 것'이라는 테마를 놓고 서로의 생각과 경험을 교환토록 할 예
정이었습니다. 매번 모임 때마다 우리는 그 테마의 한 면을 토론거
리로 제안하거나 아니면 구성원들에게 관심 있는 내용을 제안하도
록 부탁하였습니다.

모임은 엄격한 규칙을 따르거나 딱딱한 분위기로 전개된 것이
아니었습니다. 원하는 사람이면 누구나 자유롭게 자신의 경험담을
얘기할 수도 있고 또 다른 화제에 대한 자신의 생각을 표출할 수도
있었습니다. 그러니까 모든 참가자들이 자유롭게 코멘트하고 토론
하였던 것입니다.

나는 우리가 갖고 있는 두려움, 후회스러운 일들과 기쁜 일들,
우리의 꿈과 인생설계에 대하여 말하고자 합니다.

이 모임에서의 테마 제안은 각자가 읽을 수 있도록 사전에 배부
한 텍스트나 문장을 통해 직접 이루어졌습니다. 이렇게 진행한 이
유는 제일 먼저 다음의 내용들을 발견하기 위함이었습니다.

나는 누구인가.
나는 스스로가 어떤 존재라고 생각하는가.

나는 어떤 사람이 되기를 바라는가.

나는 어떤 사람이 되고 싶어하는 것일까?

왜 우리는 우리가 아닌, 또 그렇게 될 수도 없는 사람이 되려고 그토록 많은 에너지를 소비하는 것일까—혹시 우리는 그런 사람이 되고자 하는 의지조차 없는 것은 아닌지.

그것 역시 나에게 달린 문제인가? 그것이 나에게 달린 문제라면, 그것은 곧 내가 자신을 얼마만큼 좋아한다는 의미일까? 나는 행복하길 원하고, 건강하고, 사랑스럽고 좋은 애정에 감싸이길 원하는가? 아니면 솔직히 말해, 혹시 남에게 원망 받아 쓸쓸해지는 것을 즐기는 것은 아닌가? 그것이 '나의 존재 방식'인가?

내가 스스로 변하기를 바란다면 어떻게 변하기를 바라며 그 변화가 몰고 올 여파에 대하여 어떻게 대처할 것인가? 등등…….

여성들 사이에서 흔히 그렇듯이 이 모임에서도 대화와 '공범'의 분위기가 거의 즉각적으로 형성되었습니다. 때로는 보다 신중하게, 아니면 보다 활달하게 적극성을 보인 여성도 있었습니다. 몇몇은 다른 사람들보다 더 수줍음을 탔고, 몇몇은 외향적인 자세를 견지했으나 대부분 적극적으로 토론에 참여했습니다. 이따금 아주 비밀스런 어투로 말하기도 하고 어떤 때는 말다툼을 하듯이 얘기를 주고받았습니다. 중간 중간에 눈물을 보이기도 했고 한바탕 큰 웃음을 터뜨리기도 했습니다. 또는 다른 이의 얘기를 듣고는 깜짝 놀라는 사람도 있었습니다.

"햐! 나만 그런 줄 알았는데……. 아무도 그런 문제를 가지고 있지 않은 줄 알았어."

모임에서는 특히 자신만의 비밀스런 얘기가 전혀 나오지 않았습니다. 그러나 매번 모임을 끝내면서 아주 깊은 생각을 하게 하는 얘기들이 나오곤 했습니다.

분명 우리는 그 모임을 통해, 스스로 최선을 다한 여성들에게서 많은 것을 배웠습니다. 그들은 문제점을 이해하고 변화하기를 바랐으며 지금보다 더 행복하기를 원하고 있었습니다.

그 여성들의 나이는 대략 40세에서 80세에 이르는 등 다양했지만 대개는 50대였습니다. 주로 전문 자유직에 종사하는 여성이거나 아니면 '가정주부'들이었습니다. 어쨌든 이들은 어느 토론회에서든지 필수불가결한 구성원들입니다.

우리는 초창기 개척자 시대의 사람들이었습니다. 말하자면 우리는 어머니 세대와 너무나 동떨어져 있어서 서로 비교할 대상이 없는 세대입니다. 그것은 모방하거나 거부할 이전 시대의 패턴들을 가지고 있지 않다는 것을 의미합니다.

모임에서 가장 어려웠던 점은 각자의 직업이 아니라 구성원 대부분이 스스로를 가치 있는 존재로 여기고 있지 않다는 점이었습니다.

어떤 불안감이 우리 전체를 특징짓는 것처럼 보였습니다. 또한 우리 스스로가 얼마나 가치 있는 존재인지에 대해 서로 확신하지 못하는 것 같았습니다. 앞으로 스스로를 어떻게 만들어가야 하는 지, 또 어떻게 만들 수 있는지에 대해서도 확신을 못하는 것 같았습니다. 수 세기에 걸친 혁신적 변화에도 불구하고, 수 년 수십 년 수 세기에 걸쳐 형성된 문화적 편견이 아직도 우리를 붙잡고 있었습니다. 과연 우리에게 무엇이 필요했겠습니까?

우선 대상을 정확히 구분하는 사리분별이 필요했습니다.

각자의 감정들이 뒤죽박죽이었습니다. 구성원들 간에 혼란과 불화가 생기기도 했습니다. 그럼에도 불구하고 우리는 그것이 보다 분명히 드러나는 것을 허락조차 하지 않았습니다. 도덕적인 어떤 불편함이 토론 분위기를 압도했습니다. 그리하여 그 불편함에 대하여 어떻게 대응할 것인가가 관심의 대상으로 떠올랐습니다.

그것이 무엇인지를 정의내리는 것이 중요했습니다.

이런 종류의 일들이 항상 그러하듯이, 우리는 서로 간의 대화를 통하여 경계선을 분명히 하면서 질문의 영역을 설정해 갔습니다. 그러자 우리가 불안해 하는 문제의 윤곽이 드러났습니다.

그 가운데 가장 중요한 것은 사랑하는 것과 상대에게 노예처럼 얽매이는 것 사이의 경계선이 불분명하다는 것이었습니다. 마음이 넓은 것과 자신의 존재를 지워버리는 것 사이의 경계선도 그러했고, 주어진 현실에 적응하는 것과 스스로의 존재를 절단하는 것 사이의 경계선도 모호했습니다.

어떤 변화를 바란다면 우선 자신의 애정관계나 가정, 직장 나아가 자기 자신에게서 무엇이 잘못된 것인지를 정확히 이해할 필요가 있습니다. 그리고 어떤 면에서 우리 여성이 희생자였으며 그러한 상황 전개에 스스로가 얼마만큼 기여(?)했는지를 알아볼 필요가 있습니다.

그 다음 나는 무엇을 어떻게 할 수 있으며, 또 무엇을 할 수 있는지를 생각해야 합니다.

어떤 책에 씌인 말이나 근사한 문장 하나가 당신이 분명히 해야 할 무언가를 잘 짚어내곤 합니다. 하지만 현실은 그렇지 않습니다. 그 말을 그대로 따랐다가는 오히려 우리를 불안케 하기 때문에 차라리 포기하는 편이 나을 수 있습니다.

그 모임을 통해 우리는 사랑이라는 것이 누군가에게 예속되는 것이 되어서는 안 된다는 의식을 갖게 되었습니다. 또한 나이에 상관없이 스스로에 대한 확신을 가질 수 있다는 의식을 갖게 되었습니다. 그리하여 새로운 지평을 열 수 있었습니다. 우리 주위와 내부의 벽을 허물어야 할 경우 그것을 허물 수 있었습니다.

우리는 결정을 해야 했고 개인마다 새로운 질서를 수립해야 했습니다. 계약과 같은 인간관계들을 다시 살펴보고 정확한지를 점검해야 했습니다.

이것들 중 상당 부분은 단순히 말로 이루어진 것이 아니었습니다. 암묵적으로 이루어진 것이었습니다. 또 많은 것이 토론을 거쳐야 하겠지만 경우에 따라서는 가정이나 직장에서 전쟁과도 같은 과정을 통해 현실화되었어야 할 내용들이었습니다.

점검 결과를 대범하게 따른다면 분명히 한 인간으로서 새로운 존재 방식이 가능했습니다. 그러나 그것이 혼란스럽게 하기도 한 모양입니다. 어떤 구성원은 이렇게 물었습니다.

"모든 것이 모임을 갖기 이전으로 돌아가 예전처럼 지속되는 것이 차라리 낫지 않겠어요?"

이미 수용한 일상생활과 잘려버린 꿈이 의미하는 미지근함으로 되돌아가는 것이 차라리 낫지 않겠느냐는 것이었습니다.

"그러니까 이제 어떻게 하면 되죠?"

흥분하거나 놀란 구성원들이 이구동성으로 말했습니다.

그 모임의 구성원 각자는 이제 최선의 것, 가장 상식적인 것 그리고 가장 실현성이 높은 것을 실천에 옮기든가 아니면 포기할 것입니다. 몇몇 구성원들에게 있어서 그들이 유일하게 선택할 수 있는 것은 모든 걸 과거의 상태로 가만히 내버려두는 것일 것입니다.

하지만 그들에게조차 이제 모든 것이 과거와 같지 않을 것입니다. 기존의 삶이 바뀌지 않을지라도 자신을 진지하게 점검해본 경험만으로도 스스로가 살아 있다고 느끼게 되었기 때문입니다.

그 모임에서 가장 중심적인 문제로 다루어진 것은 언제나 애정관계였습니다.

몇몇에게는 부모님과의 애정관계였으며 상당수 여성에게는 자식과의 애정관계였습니다. 하지만 그 모임의 모든 여성들에게 공통된 핵심 문제는 자기 인생의 동반자와의 공생에 관한 문제였습니다.

자신의 존재를 억누르거나 자신의 재능을 감추고 파괴하는 관계 속에서 스스로를 헛되이 소비해버린 여성들에게는 특징이 있습니다. 그녀들은 대부분 따뜻한 마음을 행동으로 실천하도록 교육 받은 사람들이 아닙니다. 오히려 자신의 역할과 의무를 상대방 중심으로 충실히 수행하도록 교육을 받아왔습니다. 그것은 직장 동료와 친구들, 남편이나 자식들과 긍정적인 상호교류를 하기에는 너무나도 빈약한 기반인 것입니다.

항상 가족의 요구에 준비되어 있어야 하는 어머니, 남편에게 복종하는 아내, 직장 동료, 민원에 응해야 하는 공무원들은 오히려 다른 사람들에게 죄의식뿐만 아니라 적대감을 내면화하기도 합니다. 그런 사람은 이중의 고독 속에서 살게 됩니다. 누군가에게 복종하는 사람으로서의 고독과 타인을 절대 구속하고 싶어 하지 않는 사람으로서의 고독이 그것입니다.

이럴 경우에 함께 산다는 것은 대화도 아니고 동반관계도 아닙니다. 그저 둘이서 내뱉는 좌절의 독백일 뿐입니다.

그에게 이런 성향을 바꾼다는 것은 거의 기적에 가깝습니다. 하지만 바로 거기에, 이전에는 상상조차 하지 못했던 진정한 삶의 실현 가능성들이 존재합니다.

물론 아무리 사소한 것이라도 기존의 무엇인가를 바꾼다는 것은 무척 어려운 일입니다. 그것이 머리 스타일이든, 식탁에서 습관적으로 앉는 자리이든. 그래서 생활이 아주 체계적이지 않은 사람에게는 그것마저 부분적으로는 깊은 상처를 내는 전투와도 같을 수 있습니다.

우리는 자신이 불공정하게 대접을 받았다고 느끼게 되면 마음의 상처를 입습니다. 하지만 주어진 현실에 안주하면 가히 유혹적일 만큼 편안할 수 있습니다.

"어떻게 할 방법이 없어. 내 입장에서는 그래. 내 부모도 남편도 내 운명도 마치 백정처럼 잔인했지. 이젠 너무 늦었어."

타인들이 우리에게 행하는—혹은 우리가 자신에게 행하는—악들은, 문 앞에 서서 바로 자신을 비난하는 보초들과 같습니다. 그에 대한 해결책은 자신을 마음대로 조작하지 못하도록 그 환상들을 통제하기 위해 노력하는 것입니다.

비록 세월이 지났어도 어떤 갈등 같은 것은 좋은 대화를 나누다 보면 해결될 것입니다. 이럴 때 잘 보십시오. 자신에게 그렇게 큰 상처를 준 사람이 자신이 한 행위나 태도에 대해 전혀 눈치 채지 못하는 것을 보면서 깜짝 놀랄 것입니다.

결코 지워지지 않는 상처들도 있습니다. 그러한 상처들은 당신을 깡그리 무너뜨린 것이거나 자신의 모습을 기이하게 변형시킨 것들입니다. 그러한 상처를 치유하기 위해서는 선한 마음과 스스로에게 따스한 마음을 가질 필요가 있으며, 지혜와 적극적인 수용도 필요합니다. (나는 여기서 '포기'라는 말을 사용하지 않았습니다. 그 이유는 내가 그 어휘를 좋아하지 않기 때문입니다.)

모임에 참가한 많은 여성들이 자신이 과거에 한 일이나 이미 수년 전 포기한 일들에 대하여 유감을 표시하기도 했습니다. 그 일들이란 다름이 아니라 잘못된 선택들, 마땅히 했어야 했는데 하지 않았던 일들, 포기한 일들, 비굴했던 자신의 모습들이었습니다.

또한 불안과 불확실한 일들도 있습니다. 철없던 시절에 결혼을 한 것, 깊은 생각도 없이 취했던 중대한 결정들, 너무 어렸기에 저지른 무책임한 행동 등등, 이것들도 그 범주에 속했습니다.

어떤 여성의 경우 자식들이 태어나는 바람에, 남편이 그 아이들을 가정부에게 맡기는 것을 싫어했기에 직장을 그만두어야 했습니다. 다른 여성의 경우는 자녀들이 엄마가 집에 없다는 이유로 칭얼대는 바람에 대학원 석사과정을 포기했습니다. 딸이 집안에서 살림을 배우지 않고 밖에 나가는 것을 싫어한 부친 때문에 대학 문턱에도 가보지 못한 경우도 있었습니다. 그 여성들 가운데 한 명은 다른 도시에서 대학원 박사과정을 밟을 수 있었음에도 불구하고 남편이 '엄청 화낼 것'이기 때문에 말을 꺼낼 엄두도 내지 못했습니다.

또 한 여성은 자신이 엄마가 될 준비가 되어 있지 않다고 느꼈기에 아이를 갖고 싶지 않았다고 고백했습니다. 그녀의 진짜 소원은 자신이 매료된 직업에서 성공하는 것이었는데 자녀들이 성인이 된 지금에야 비로소 만족스럽게 그 직업을 수행하고 있다고 했습니다.

그런데 왜 자식들을 가졌을까요? 그것도 셋이나 말이죠. 그 이유는 젊었을 때 누구나 다 그랬고 또 남편과 부모님이 원하는 것 역시 그것이었기에 어찌할 도리가 없었다고 말했습니다.

지나간 이런 이야기들을 나누면서 그들은 젊었을 때 감히 그러한 희망을 가지려 했다는 이유만으로 마치 큰 봉변을 당한 소녀들 같았습니다. 그들 몇몇은 고개를 흔들며 웃음을 터뜨렸습니다.

"오, 하느님. 제가 얼마나 바보였는지 몰라요."

어찌 보면 그들은 친구나 애인 이상으로, 자기들만큼이나 전형적인 모범 남성에게 예속된 소녀들이었으며 나아가 착하고 가정에 충실한 모범적인 여성들이었습니다.

그런데 그녀들의 남자가 가졌던 고독 역시 그녀들이 겪은 불평들만큼이나 컸습니다.

나는 각자에게 자기 방식대로 그렇게 지내온 과정을 다시 돌아보도록 부탁했습니다. 왜 그때, 그런 식으로 행동했는지 물어보았습니다. 그리고 수년의 세월이 지난 지금 다시 그런 일에 부딪힌다면 어떻게 할 것인지도 물어보았습니다.

한 여성이 이렇게 대답했습니다.

"이제 와서 제가 어떻게 하겠어요? 벌써 20년 전 일인 걸요. 다 끝났어요. 어떻게 해볼 도리가 없어요."

전체적인 분위기는 '아, 만일 내가…… 했더라면……' 하는 탄식과 함께, 그 지나간 작은 사건들을 어쩔 수 없이 꾸역꾸역 끌며 끝까지 가겠다는 것이었습니다.

나라도 아무런 문제가 없다는 듯이 그 구덩이를 빙 돌아갈 수 있을 겁니다. 눈물을 흘리며 그 구덩이 가장자리에 누울지도 모르죠. 아니면 마치 아무 일도 없었던 것처럼 그 구덩이를 나뭇잎과 가지들, 판자로 덮을 것입니다. 그러고는 그 결산에서 나온 적자를 다른 흑자로 메우려고 하겠지요. 물론 각 경우마다 독특하고 다르겠지만 말입니다. 그러고는 스스로에게 물을 겁니다.

"왜 그때, 그렇게 행동을 했을까? 무식해서 그랬을까? 아니면 겁이 나서? 아니면 자신을 파괴하고 싶은 충동이 일어나서?"

하지만 나이가 들어가면서 얻게 되는 상대적인 현명함을 통하여, 우리는 그런 '구덩이들'의 대부분이 다음과 같이 얘기될 때 훨씬 덜 끔찍해진다는 것을 알게 될 것입니다. "그때 그 상황에서 나는 내가 할 수 있는 최선을 다 했어."라고 말할 수 있을 때 말입니다.

그 '구덩이들'이 생긴 것에는 거의 언제나 이유가 있었습니다. 예를 들면 자식들이 어렸다든가, 인생의 동반자에게 문제가 있었다든가, 자신이 살던 집이나 고향을 떠남에 있어서 정말 힘든 일이 있었다든가, 혹은 사회적인 압력이나 가족의 압력이 있었다든가 하는 것들 말입니다. 물론 항상 부정적인 것들만 있었던 것은 아니겠지요. 그저 그 순간에 최선을 다하여 부딪치려고 했는데 그것이 어쩔 수 없는 현실일 뿐이었을 겁니다.

이제 조금씩 보다 많은 지혜로 그 낡은 문제들을 대처해갑니다.

"그때 나는 최선을 다했어. 비록 인생의 황혼기에 접어든 지금에야 그 당시 달리 행동할 수도 있었을 텐데라는 생각이 들더라도 말이야. 아직 성숙하지 않았던 그 당시에 나는 어쩔 수가 없었어. 내 부모도 나를 이해하지 못했고 남편도 내 마음을 몰라줬지……."

성숙해진다는 것은 이럴 때 유용합니다. 즉 일정한 거리를 두고 보는 지혜와 더불어 새로운 시각으로 세상을 바라보면, 이전에 흐릿했던 자신과 타인의 모습이 보다 선명하게 드러나고 보다 잘 이해할 수 있게 될 것입니다. 그러면 이따금 과거의 잘잘못에 대하여 일종의 '사면'도 단행할 수 있을 것입니다. 그 '사면'을 기점으로 하여 생각과 행동 패턴을 다시 설정할 수 있을 것입니다.

나는 '사면'이라는 말을 즐겨 사용합니다. 그 말은 '용서'보다도 더 좋은 말입니다. 왜냐하면 종교적인 어떤 암시도 없을뿐더러 우리가 누군가를—바로 나 자신조차—용서해주는 착한 사람이라는 생각도 들지 않기 때문입니다.

어느 날 나는 우리를 화나게 하는 것들에 대하여 얘기해보자고 제안했습니다.

처음에는 아무도 용기를 내지 않았습니다. 모두가 멋진 남편과 최고의 자식들, 성자와도 같은 부모를 갖고 있어서 화를 느끼는 것 자체가 금지되어 있었습니다. 그런데 모임에서 거의 말이 없던 한 여성이 낮은 목소리로 말하기 시작했습니다.

"저는 화가 나요. 아주 많이 화가 나요."

그녀의 분노는 약한 사람들, 환자들, 엄마의 치맛자락만 붙잡고 사는 어린 아이들의 괴롭힘으로 고통을 받아 스스로 쓸모 없다고 느끼던 어머니의 마음이었습니다. 그러자 다른 여성이 나서더니 다 큰 아들들이 아직 자신과 한 집에 살고 있다면서, 그런 자식들을 위하여 자신이 희생해온 것에 화가 치민다고 말했습니다. 그 자식들은 항상 불평을 늘어놓고 거칠다고 했습니다. 또 다른 여성은 자신에게 관심조차 주지 않는 남편에 대하여 분노를 느낀다고 했습니다. 그녀는 덧붙였죠.

"그 사람(남편)한테는 제가 존재하지도 않고 인간도 아닌 것 같아요."

앞에서 말했던 것처럼, 다른 여성들 역시 젊은 시절에 자기가 취했던 선택에 대하여 아주 많은 분노를 느낀다고 합니다.

모임에서는 그 같은 사례들이 열띠게 쏟아져 나왔습니다.

우리는 화를 낸다는 것은 건강한 것이며 또 필요한 것일 수 있다는 걸 깨닫기 시작했습니다. 비록 증오나 회한은 언급되지 않았지만 화를 결코 내본 적이 없다는 것은 바로 자기 자신에게 거짓말을 하는 것입니다.

이 여성들이 화를 느끼게 된 동기들 가운데 많은 것은 다른 관점으로도 이해할 수 있었습니다. 자녀들에게 얽매인다는 것은 그 자녀들이 태어나기 전이나 혹은 그 이후에 진행된 어떤 과정 전체의

산물이라는 것입니다. 그 과정 속에서 엄마는 스스로가 희생자요 마음씨 착한 여자로, 즉 스스로를 고통 받는 사람으로 느낄 필요가 있었던 것입니다. 지지대를 잃어버리는 것, 또는 단상에서 내려오는 것은 어떤 관계에 있어서 놀라운 변화를 야기할 수 있습니다. 분명 남편과 자녀들도 부인이자 어머니이고 순교자이기도 한 그 여성과 관련하여 죄의식과 분노를 동시에 느꼈을 것이 틀림없습니다.

나의 친구가 준 교훈입니다만, 상황이 아주 나쁜 것처럼 보일 때 자신에게 이렇게 물어보라고 했습니다.

"이것이 비극인가, 아니면 그저 단순히 짜증나는 일인가?"

대개의 경우 그것은 짜증나는 일입니다. 그 짜증나는 일에는 공과금 지불이 늦었거나, 직장의 사장이 바보 같다거나, 동료가 질투가 많다거나, 자식이 잘못 자랐다거나, 남편이 무뚝뚝하다거나, 모친이 불만족스러워 한다거나, 또 살이 평균치보다 5kg 더 쪘다거나, 스스로 좌절한다거나 하는 것들입니다. 비가 너무 많이 내린다거나, 태양이 너무 뜨겁다거나, 너무 춥다거나, 또는 너무 덥다거나 할 때에도 우리가 숨을 쉬고 있는 매 순간마다 갑자기 세상이 끝장난 것 같이 느껴질 것입니다.

이럴 때일수록 마음을 여유롭게 가지면 큰 위안을 느끼게 됩니다. 즉 짜증나는 일들에서 손을 떼든가 아니면 당분간 잊어버리고 진짜 중요하고 심각한 문제들을 해결하도록 해보십시오.

그러면 우리는 조금씩 자신의 호흡이 나아지고 있음을 발견하게 됩니다. 나아가 미래에 대한 꿈도 키울 수 있을 것입니다.

불안과 두려움을 동반하는 자존감의 축소는 자신이 이제까지의 삶에서 잘못된 선택을 자주 했음을 보여주었습니다.

많은 여성들이 가족 간의 불편함과 자신에게 지속적인 고통을 주는 반복적인 패턴에 사로잡혀 있었습니다.

만일 그 여성이 자신을 보다 가치 있는 존재로 탈바꿈시키지 않는다면, 여러 가지 다양한 상황이 전개될 수 있을 것입니다. 우선 현 상황을 그대로 유지하려 할 것입니다. 물론 자신의 문제를 잘 알아도 악화된 상황을 개선할 수 없는 경우도 있겠지만 그것을 무시하면 더 악화될 것입니다. 또 우리가 예상할 수 있는 다른 상황은, 변화에 대한 두려움 때문에 아무런 결정을 내리지 못하고 말 것이라는 점입니다.

그 두려움이란 바로 고독에 대한 두려움, 혼자 결정을 하지 못하는 무능력에 대한 두려움, 다른 사람이 어떻게 생각할까 하는 것에 대한 두려움, 두려움 자체에 대한 두려움 등을 의미합니다.

자기 자신을 낮게 평가하는 사람에게는 인간으로서 자신의 유용성을 확인해줄 누군가가 옆에 있어줘야 합니다. 자존감이 없는 상황에서는 대화도 없습니다. 왜냐하면 균형을 이루지 못하고 지나치게 한쪽으로 기울기 때문입니다. 아무리 능력이 있는 여성이라고 하더라도 스스로가 정당하며 또 자신만으로도 유용하다고 느끼는 데에는 상당한 어려움을 가지고 있습니다. 그리고 그 어려움은 가히 놀라울 정도입니다.

한 여자 변호사가 나에게 이렇게 말한 적이 있었습니다.

"제 인생의 동반자나 절대적 옹호자가 없다면 저 스스로가 완전하다고 느끼지 못할 것입니다."

개인적으로나 사회적으로 성공한 여성들 가운데서도 혼자 있는 것에 대한 두려움을 가지고 있거나 오히려 다른 사람의 그늘 아래에서 보다 잘 나가는 여성들이 있습니다. 아울러 상대방에게 봉사하고 그를 즐겁게 하며, 그를 위해 '불평' 까지 준비해두는 것이 자신의 진정한 소명이라고 생각하는 여성도 있습니다.

이러한 여성이 바로 우리 시대가 성취해놓은 모든 것과 혁신적인 성과에 역행하는 여성입니다.

비록 일시적이기는 해도 이러한 환상들에서 깨어나는 단계에 있던 한 젊은 여성이 나에게 이렇게 말했습니다.

"남자는 음식 메뉴판에서 무엇을 선택해야 할지 모르거나 알아도 모른 척하면서 자신이 음식을 고르도록 내버려두는 여성을 좋아합니다."

하지만 더 큰 문제는 저녁식사에 함께 할 남자조차 잘 선택하지 못하는 사람이 바로 우리 여성일지도 모른다는 점입니다. 자기 멋대로 하는 취미를 가진 남성이 과연 그런 사람을 가치 있는 존재로 대접할 줄 알까요? 또 그런 남성이 우리 여성에 대하여 진정한 관심을 가질까요?

조심하시기 바랍니다. 물론 어린 아이 같은 말투로 늘어놓는 불평을 잘 받아주고 또 자신이 좋아하는 음식이 항상 준비되어 있음을 높이 평가하는 남자일수록 남성적이고 대단한 사람일 수 있습니다. 하지만 그는 정서적인 면에서 거세된 환관이 될 위험이 높은 사람입니다. 그런 사람의 정서는 상당히 제한적일 것입니다.

비록 우리의 애매모호함이 선택과 해석의 다양성으로 인하여 모든 것을 더 흥미진진하게 만들지는 몰라도 다른 한편으로는 우리가 결정짓지 못하고 주저하는 상황 속에 가두고 말 것입니다.

이처럼 우리는 '하기를 원하는' 것과 '해야만 하는 것' 사이에서 고통을 겪습니다. 그 결과 우리는 다음의 문장을 자신의 마음속으로 수긍하고 맙니다. 이것은 내가 어린 시절에 수없이 들었던 말이기도 합니다.

"아이는 원하는 게 없어."

우리는 가끔 어른이 된 지금도 애들처럼 생각하고 행동합니다. 그러한 조건이 지니고 있는 특권을 즐기기도 하고, 또 그 한계로 인하여 고통을 받기도 합니다.

그렇기 때문에 남편이든 자식이든 우리와 함께 살 사람은, 자신을 우쭐하게 하거나 아니면 외롭게 하는 짐 하나를 더 짊어지고 가는 셈이 됩니다. 다시 말하면 영원히 어린애 같은 여성을 하나 데리고 평생을 사는 셈이며 그 결과 실생활에서 그녀와 삶을 나눠가질 수 없게 됩니다.

돈과 교육만으로는 오랜 문화적 세뇌에서 벗어나기 어렵습니다. 수동적으로는 어느 누구도 그 벽을 무너뜨릴 수 없습니다. 그러한 편견, 즉 그러한 '문화'는 우리에게 '적극성이란 남성의 전유물'이라고 속삭입니다.

그 문화는 여성에게 끊임없이 주입합니다. 친절해야 하며, 화해할 줄 알아야 하고, 명랑해야 하고, 매력적이어야 한다고. 또 있습니다. 여성은 남성의 소유와 보호 본능을 일깨워야 하며 여성이 얼마나 헌신적인가를 보이기 위해 끊임없이 자식들을 통제해야 한다고 가르칩니다.

요약하자면 그러한 문화 속에 사는 여성들은 스스로가 남편이나 자식에게서 정을 받을 만한 자격이 있음을 증명해야 합니다.

우리 여성은 자신의 미래를 결정할 상상 속의 백마 탄 왕자를 위해 길러진 것입니다. 그 왕자는 그녀의 미래를 결정할 뿐만 아니라 그것이 그녀에게 힘겨운 일이라 할지라도 그녀의 미래를 맡아서 관리해야 합니다. 그러므로 당연히 그녀를 어린 아이로 취급할 것입니다. 그리하여 그녀는 언제나 결정할 여지도 없고 힘도 없이, 권리를 박탈당한 여성이 될 것입니다. 또한 남편에 이어 자식들, 손자들, 부모의 소유물이 될 것입니다.

결국 당신이 조용히 글이나 편지를 쓰고자 할 때에도 남은 장소는 부엌의 식탁 한 모퉁이가 될 것입니다. 어렵사리 용기를 내어 인터넷을 하려면 자식들의 컴퓨터를 사용해야 합니다. 결국에는 부부의 저녁식사에 다른 여성이 합석할 것이며, 이어서 자신의 거실 소파까지 차지하고 말 것입니다.

우리의 등 뒤에는 나라는 존재를 집어삼키며 지나가는 시간의 공포가 도사리고 있습니다. 우리는 결코 그 존재를 관리하는 법에 대해서는 배우지 못했습니다. 왜냐하면 그 존재는 단 한 번도 내 것이 아니었기 때문입니다. 더욱 애처로운 것은 우리가 그 존재를 관리하는 것조차 원치 않았을지 모른다는 것입니다. 왜냐하면 그 존재, 즉 우리라는 존재를 스스로 관리한다는 것이 남성에 의해 '보호된 체념'으로부터 벗어나는 것을 의미하기 때문입니다. 여기서 보호된 체념이란 무언가를 결정할 때 스스로 놀라 포기하는 것을 의미합니다.

그리고 우리라는 존재를 관리한다는 것은 장애물에 정면으로 부딪치면서 우리가 그토록 바랐던—또 그토록 두려워했던—자신에 대한 힘을 행사한다는 것입니다.

이전에 말한 그 죽음의 천사가 우리의 문을 노크하고서는 우리에게 세 가지 그럴듯한 이유를 대면 하늘로 데려가지 않겠다고 했는데, 그때 그 천사의 방문을 받은 사람이 당신이라면, 어떻게 말할까요? "남편과 아이들은 아직도 저를 필요로 해요. 게다가 아직 집안 정리도 하지 않은 걸요." 또는 "쇼핑을 해서 저녁을 준비해야 해요." 등 그 흔한 일상적인 핑계들 이외에 과연 어떤 이유를 댈 수 있을까요?

이제 착각에서 깨어나시기 바랍니다. 지난 세기 초에도 그랬고 오늘날 세상사에 아주 어둡거나 단순한 여성들 사이에서도 똑같다고 믿는 착각에서 말입니다. 비록 지금까지 많은 발전이 이루어졌음에도 불구하고 아직 남녀의 상황—여자를 말하면 당연히 남자 얘기도 딸려오게 마련이므로—은 완연한 변화기를 맞이하고 있습니다.

이제 남녀 간의 진정한 동반자 관계에 대하여 이야기할 수 있도록 많은 노력을 기울이고 실천하는 일만이 남아 있습니다. 그 진정한 관계는 어떤 균형을 요구합니다.

주인과 종 사이에는 대화가 존재하지 않습니다.

우리의 모임에서 반복적으로 거론된 불평들 가운데 하나는 남편 또는 애인과의 사이에 대화가 없다는 것이었습니다. 물론 이것은 전혀 생소한 문제가 아닙니다.

"그런데 당신은 남편, 애인, 아들과 대화를 시도해본 적이 있습니까?"

"아, 그래봤자 소용없어요. ……남자들은 말하기를 좋아하지 않아요. ……남자들은 어휘를 구사하는 데 어려움이 있어요. 말을 조리 있게 하지 못해요, ……그들은 감정 따위에는 신경을 안 쓰죠. 비겁해요. 그들의 천성이 그런가 봐요."

정말일까요?

아니면 혹 우리가 말을 못하게 가로막고 있는 것은 아닐까요? 왜냐하면 우리가 너무 많은 것을 요구하고, 자신처럼 되기를 요구하며 또 내 식으로 말하기를 요구하고 있기 때문은 아닐까요? 그런데 그가 항상 자기네 언어로 말을 한다면 어떻게 하겠습니까?

우리가 정말로 그들을 위한 공간을 열어두고 있습니까? 정말로 그가 대화할 의욕이 나게 하고 있습니까? 또한 우리가 진정으로 그들의 말에 귀를 기울이고 있으며 그들의 진정한 동반자로서 말하고 행동하고 있습니까? 그렇지 않으면 그들이 귀가할 때 집 문제, 가정부 문제, 아이들 문제, 교통 문제, 슈퍼마켓의 상품 가격 문제 등등 이것들이 마치 우리의 유일한 현실이자 가장 화급한 사건인 양 그에게 쏟아붓고 있는 것은 아닙니까?

서로가 이해를 한다면 전혀 다른 언어로도 의사소통이 불가능한 것은 아닙니다. 즉 말과 행동으로써, 표현과 눈길로써, 목소리의 톤으로써, 영혼과 육체로써 얼마든지 대화할 수 있습니다. 무엇보다도 서로 좋아한다는 사실 하나만으로도 이 모든 것이 불필요하게 됩니다.

우리의 모임에서 여성들이 고통과 불평만을 늘어놓은 것은 아니었습니다. 기분 좋게 한바탕 웃던 순간들도 있었습니다. 살기 위하여, 함께 살기 위하여, 그 모든 변화를 긍정적으로 음미하기 위하여 기분 좋은 마음가짐을 가지는 것이 얼마나 중요한지도 서로 얘기되었습니다.

나의 남자 친구 하나가 이런 말을 한 적이 있었습니다.

"어떤 순간 우리를 구원하는 것은 사랑이 아니라 유머더군."

기분 좋은 상태를 유지하는 것은 매력적인 성격이자 현명한 자세이기도 합니다.

물론 빈정대는 것이나 남의 속을 뒤집으면서 즐기라는 뜻은 아닙니다. 필요한 순간에 바로 자신에 대해서도 웃을 줄 아는 것을 의미합니다. 스스로를 존중하고 사랑하는 것을 의미하는 것일 뿐 스스로가 상대방에 의해 대접받지 못하고 공격당했다는 느낌에 빠지는 것을 의미하는 것은 아닙니다.

좌절감이 심한 어떤 사람이 나에게 이렇게 말했습니다.

"그렇지 않아도 나에 대해 웃으려고 노력합니다. 아니면 자살하고 말 것입니다."

일리가 있는 말이며 그것이 마지막으로 기댈 언덕이 될 수도 있습니다. 이 말을 한 뒤 그는 마치 '난 해내고 말 겁니다. 나는 해낼 거예요. 어쨌든 가치 있는 일이니까요.' 라고 다짐이라도 하듯 나를 향해 미소를 지어 보였습니다.

물론 나도 애인이나 친구를 잃었을 때, 또는 아프거나 직장을 잃게 되었을 때 우스갯소리를 할 수는 없습니다.

좋은 컨디션이 곧 우스갯소리를 의미하진 않습니다. 그것은 정이 가득한 미소이자 사랑이 가득한 침묵이며, 다른 사람과 나 자신을 위해 열려 있는 따스한 품속과도 같습니다.

우리의 발전과 스스로의 환상들, 우리가 속한 사회계층과 문화가 요구하는 것들을 지배하려면 많은 에너지와 의지력 그리고 밝고 명랑한 마음이 필요합니다. 그러한 것들에게 통째로 삼킴을 당하지 않기 위해서라도 말입니다.

우리는 우리 여성들만의 힘으로 어떤 작은 일을 꾸미고자 했습니다.

하지만 거의 일 년 간 지속적으로 구성된 그룹들의 모임이 끝나갈 무렵, 다른 약속들이 너무나 많이 밀리는 바람에 그만 그 일을 중단하려고 생각했습니다.

그런데 그때 약 10여 명의 남성들이 그 모임에 참석하기를 원했습니다. 그래서 이번에는 남성들로만 모임을 구성하기로 했습니다.

사람들은 나에게 "왜 여성들과 혼성으로 구성된 그룹을 만들지 않은 거죠?"라고 물어왔습니다.

이유는 그 혼성 그룹이 어떤 차원의 모임이 될지 전혀 예상할 수 없었기 때문입니다. 나는 단지 여성들의 생각만을 취합하고자 했기 때문에, 남성의 경우 한두 개 정도만 만들려고 했으나 결국 10

개 이상의 모임이 만들어졌습니다.

애초부터 나는 혼성 그룹을 만들 의향이 전혀 없었습니다. 왜냐하면 매번 네 그룹만의 모임을 가졌기에 더 많은 모임을 가질 경우 당초에 기대한 자연스레 터놓고 얘기하는 분위기가 안 될 것으로 생각했기 때문입니다.

나는 그 남성들이 어른이 됨으로써 잃거나 얻게 되는 것에 대해 무슨 얘기를 할까 궁금했습니다.

그런데 감동스럽게도 남성 그룹 역시 여성들과 같은 결과를 나타냈습니다.

그들도 자신의 선택에 대하여 의문을 가졌으며 나이가 들어가는 것에 아쉬움을 나타냈습니다. 또한 정력과 경제력, 권위, 건강과 몸매를 잃어버릴까봐 두려워하며 고통스러워하고 있었습니다.

신세타령도 했습니다. 이미 노쇠했음에도 불구하고 노동을 멈춘다든가 줄인다는 것은 불가능한 것처럼 보였습니다. 무엇보다도 아내와 자식들이 그에게 지나치게 의존하고 있기 때문이었습니다.

그들은 자식들에 대한 걱정과 더불어 가족생활에서도 실패했다는 생각 때문에 죄책감에 빠져 깊은 부담감을 가지고 있었습니다. 그들은 가정에서 보다 많은 대화를 나누고 헌신하며 인내심을 가질 수 있었을 텐데,라며 후회하고 있었습니다. 그리고 그들 가운데 상당수가 바로 자기 집안에서조차 따돌림을 당하고 있다고 생각하고 있었습니다. 아내와 자식 간의 유별난 관계가 자신을 소외시키는 것처럼 느끼게 했던 것입니다.

"자식들은 그저 돈이 필요할 때만 나를 찾아요. 그 녀석들은 친구를 원하거나 개인적인 얘기를 하고자 할 때에는 나 대신 제 엄마를 찾지요."

남성들 중 한 명이 씁쓸한 듯이 말을 했습니다.

이제 다 큰 청년이 된 자식의 마음은 아빠인 그들이 제대로 다가갈 수도 없게 된 영토가 되어버렸습니다. 사람들은 일찍부터 엄마와 자식의 영역에서 남자, 즉 아빠란 한 명의 침입자라고 가르치고 있었습니다.

"여보, 조심하세요. 그렇게 하면 아이를 바닥에 떨어뜨리고 말거예요! 남자란 정말 애들을 볼 줄 몰라. 제가 할 테니까 그만두세요. 신문이나 TV 보세요!"

이것은 꾸며낸 얘기가 아닙니다. 바로 우리 여성의 상당수가 남자들에게 해댄 말입니다. 그러고는 나중에는 남편이 자식들로부터 너무 "멀어져 있다"고 비난을 퍼붓습니다.

우리가 이처럼 행동하는 것은 나의 유일한 사랑, 나의 가장 가까운 '장난감', 내 몸에서 나온 내 물건, 즉 '내 자식'이라고 생각하는 아이를 독차지하기 위함은 아닌지요?

아들과의 관계에 있어서 엄마는 그 주변에 담을 쌓고는 남편이 접근조차 하지 못하게 합니다. 그래놓고서는 자신도 모르게 남편에 대한 불평불만을 늘어놓습니다. 아이에게 관심도 없다거나 자식을 어떻게 키우는지도 모르는 사람이라거나.

내가 보기에 남자들의 고독이 여자들의 고독보다도 더 심각한 것 같았습니다. 왜냐하면 그들은 가족과 친구들, 주변 사람들과 친밀한 관계를 유지하는 여자들과 다르기 때문입니다.

한 여대생이 나에게 이런 말을 한 적이 있었습니다.

"제 남자 친구들의 경우 자기네들끼리 대화를 할 때면, 우리 여성들과는 다른 면이 있어요. 그들은 돈과 축구, 정치 그리고 여자들에 대해 얘기를 하지요. 하지만 우리 젊은 여성들의 경우 (물론 이미 결혼한 경우도 있지만) 서로 만나면 비밀스런 얘기를 하거나 아니면 불평을 늘어놓죠. 그러니까 엄마, 가정부, 자식들, 집안일 또는 남자들 얘기를 한다는 말입니다."

남자들은 깊은 속마음 내지는 일상생활 속에서 자신의 연약한 여자를 실망시키거나 놀라게 하지는 않을까(혹은 화나게 만들지는 않을까?) 걱정하고, 자기 친구들과의 잡담 속으로 숨거나 그만 침묵을 하고 맙니다.

불평이 많은 여성들, 자신의 모성애에 갇혀 있는 여성들, 가사일이나 사소한 일에 지나치게 매달리는 여성에게 남성은 그저 필요한 것을 공급해주는 역할자로만 남아 있습니다. 그런 커플의 말 속에는 진실로 마음의 문을 열 상대를 갖고 싶다는 생각이 거의 지속적으로 나타나고 있었습니다.

"친구들을 만나면 흔히 다른 남자들이 나누는 얘기와 똑같은 얘기를 하지요. 정치 얘기나 축구 얘기 말이죠. 그런데 내 아내와는 마음의 문을 열고 싶지 않아요. 왜냐하면 대화를 시작하자마자 곧 흥분해서 저에게 엄청난 잔소리를 하거든요. 그리고 애들에 대해서도 똑같이 대합니다. 아, 어쨌든 자식들은 제가 보호해주어야 하지 않겠습니까? 안 그렇습니까?"

개선될 것들은 거의 언제나 존재하며 또 그것들은 개선될 수 있습니다. 의문을 던지고 그 의문을 설명하며 풀어주는 것이 결코 금지되어 있는 것은 아닙니다. 공부를 하거나, 가게를 열거나, 여행을 하거나, 직업을 바꾸고자 하거나, 그런 꿈을 실현하는 것은 결코 창피한 일이 아닙니다. 또 관계를 바꾸는 것 역시 창피한 일이 아닙니다.

그것보다도 더 쉬운 것은 바로 체념, 즉 삶을 일찍 포기하는 것입니다.

가슴에 응어리가 많은 노부부들이나 집안에서조차 대화가 없는 젊은 부부는 정말 무서우리만치 슬픈 사람들입니다. 실제로 그런 사람들이 엄청나게 많습니다.

누군가가 나에게 "기분이 가라앉아 있을 때에는 집안을 기어다니듯이 힘겹게 걷는 것뿐만 아니라, 침대에서 일어나는 것조차 정말 힘들지요."라고 말한 적이 있습니다. 그렇습니다. 산다는 것 자체가 영웅적인 행위입니다. 그래서 사랑을 오래도록 유지한다는 것은 훨씬 더 영웅적인 행위입니다. 만일 나의 사랑이 실패했을 때 혼자 산다는 것은 그저 생존을 위한 전쟁일 뿐입니다.

결혼을 한 상태임에도 불구하고 물 밖에 목만 내밀고 사는 것이 과연 충분하고 좋은 걸까요?

나는 한 남자 친구가 자신의 아내 생일에 한 말을 아직 기억합니다. 그것은 내가 지금까지 들었던 가장 아름다운 말들 가운데 하나였습니다.

"거의 40년이 된 우리의 결혼생활 동안 나는 매일, 다시, 당신을 나의 아내로 선택했소."

아마도 가장 행복한 부부란 슬픈 일들이 있음에도 불구하고 매일, 처음 만났을 때처럼 서로를 바라보고 살펴보며 서로를 다시 선택하는 부부가 아닐까 생각합니다.

언젠가 사람들이 나더러 '완벽한 부부'에 대해 글을 써달라고 부탁한 적이 있었습니다. 도전을 좋아하는 사람에게는 참 좋은 일입니다. 그런데 내가 가장 먼저 취한 것은 그 '완벽한'이라는 단어를 괄호 안에 넣는 것이었습니다.

내가 쓰게 될 글의 제목에 대해 고민을 했습니다.

그러다가 즉시, 나에게 있어서 '완벽한' 부부란, 마치 좋은 친구처럼 서로를 사랑하되 그 애정에다가 사랑과 우정을 구분하는 성생활로써 맛을 더하는 부부야말로 진정으로 완벽한 부부라는 생각이 떠올랐습니다. 마음에 응어리를 남기지 않고 또 채근하지 않는 부부, 그리고 어쩔 수 없는 인간의 특성들과 그로 인한 의사소통의 어려움, 그러한 것이 내포하고 있는 모든 복잡한 문제들을 이해하는 두 남녀가 진정한 부부라고 생각했습니다.

가장 훌륭한 인생의 동반자란 어느 한쪽이 상대방에게서 어떤 것을 강요받고 거기에 종속되는 것이 아니라 자연스레 서로를 인정하고 받아들이는 것을 의미합니다. 그리고 한쪽이 다른 쪽을 존중하고 경탄하며 그에 대하여 따뜻한 마음을 가지면서도 조심하는 것이 가장 훌륭한 동반자일 것입니다.

훌륭한 동반자란 한쪽이 다른 쪽에게 자신의 모든 인생 계획을 걸지 않는 관계를 의미합니다. 이 경우 첫번째 실망만으로도 그 사랑이 바로 원한으로 바뀔 수 있기 때문입니다.

그리고 만일 남성이 완벽을 추구하는 여성의 아주 허황된 꿈을 지탱해주는 역할을 하게 될 경우, 예기치 못한 첫번째 역풍이라도 불게 되면 죄 없고 가엾은 남성 우상은 그만 쓰러지고 말 것입니다.

건강한 결혼관계 속에는 일반적으로 '저는 당신과 함께 가장 멋진 날들을 보내고 싶습니다. 그리고 당신과 더불어 중요하고 확정적인, 살맛나는 관계를 만들고 싶습니다.' 라는 목표가 내재해 있습니다.

또한 짜증나는 가족, 진부한 고독, 권태로부터 도망치기 위한 목적만으로 이성을 만나지 않는 것이 중요합니다. 그리고 그의 목에 매달리며 '이젠 절대 더 이상 혼자 있기 싫어!' 라는 함정에 빠지지 않는 것 역시 매우 중요합니다. 지나친 기대를 가지고 결혼을 할 경우 그것은 곧 유배의 시작을 의미하기 때문입니다.

그 무엇보다도 좋은 사랑은 매일 매일의 공생을 지탱하게 해주고 또 극복하도록 해주어야 하는 것입니다.

우리는 내야 할 공과금, 각종 계산서, 오지 않은 파출부, 병이 난 아들, 까다로운 딸아이, 치매에 걸린 어머니, 우울증에 걸린 아버지, 흥미를 잃은 직장, 조폭 같은 사장 등 매일같이 많은 사건에 부딪힙니다. 이러한 스트레스와 함께 살면서 이들 가운데 어느 하나라도 잘못 걸리는 날에는—비록 아주 하찮은 일일 수도 있지만—우리는 곧바로 폭발하고 말 것입니다. 스스로 목숨을 끊든지 아니면 상대방을 죽이려 들 것입니다. 그리고 생각합니다. 이제 우리의 관계에서는 더 이상 아무것도 처음과 같지 않다고 말입니다. 결국 오랫동안 유지할 것이라던 당초의 계획과는 달리 전혀 다른 관계가 되고 맙니다.

우리는 이런 식으로 살기를 원치 않습니다. 하지만 그 다음이 문제입니다. 어떻게 해야 할지 모릅니다. 아니면 알고 있으나 실천에 옮길 수 없을 것만 같습니다.

사실 사랑이 충만한 인생의 동반자의 경우 매일 모든 것을 다시 시작할 수 있습니다. 그렇습니다. 당신은 여기에서 다르게 시작할 수 있습니다.

매일 똑같은 일상이 우리에게 편안함을 주며 그 세세한 내용이 보다 안정된 삶을 증명하는 표시일 수도 있습니다. 하지만 다른 한편으로 그것은 삶이 지니고 있는 매력을 잃게 함과 동시에 단조로움을 가져다 줄 수 있습니다.

사람들은 사랑이 충만한 관계는 창의력이 필요하다고 말합니다. 문제는 그 관계에서 '창의력'을 말할 때 대다수가 성생활에서의 혁신적인 변화를 생각한다는 것입니다. 마치 그것에 대한 해결책이 새로운 성행위 자세나 현재 사용하고 있는 것과는 다른 향수,

또는 낯설고 인위적인 행위에 있는 것처럼 말입니다.

좋은 성관계는 결과이지 수단이 아닙니다. 그것은 자식들과 같습니다. 그들은 살아 있는 애정의 결실일 뿐 잘못되어 실패한 것을 고치기 위한 수단이 아닙니다.

열정의 초기국면이 지나면(미안하지만 그 단계는 지나가게 되어 있습니다. 그렇다고 그것이 권태나 성적인 흥분의 종말을 의미하는 것은 아닙니다.) 우리는 다른 방식으로 사랑을 하기 시작합니다. 아니면 보다 잘 사랑하기 시작합니다. 즉 '이제 진정으로 사랑을 하기 시작합니다.' 그리하여 상대방이 잘 되기를 바라고, 그를 높이 평가하고 존중하며 또한 그의 존재 가치를 드높여 줍니다. 나아가 그에게 응석을 부리고 그리워하며 공간을 내주고 또 그가 성장하여 우리에게 매달리거나 의존하지 않기를 바라기 시작합니다.

내가 갖고 있는 많은 재산 목록 가운데 하나이자 누군가가 나에게 주었던 큰 선물 가운데 하나인 작은 메모에는 이런 글이 써 있습니다.

"만일 당신이 누군가를 사랑한다면 그를 자유롭게 내버려 두십시오."

약간의 현명함과 성숙함(아, 시간이란 얼마나 좋은 것입니까!)을 가지게 된다면, 세월이란 것이(그리고 그 무엇인가가) 아직도 두 사람(부부)에 의해 정복될 수 있음을 알게 될 것입니다.

이것을 이해한다면 이제 다음을 명확히 할 순간이 된 것입니다.

이제 어떻게 할 것인가. 결론적으로 말하자면 마음에 빈자리가 있는데 그것을 극복할 수 있는 어떤 가능성이 있다면 바로 거기에 투자를 하라는 것입니다.

어쨌든 우리는 투사입니다. 그렇지 않다면 이 자리에 있을 이유도 없습니다. 자식도 있고, 약속도 있고, 집도 있고, 돈도 있고, 아직 애정도 있기 때문에 우리는 쉽게 포기하지 않을 것입니다.

이제 다 부서져 버린 듯한 것들을 다시 일으켜 세울 방법을 찾아내야 합니다. 의지와 애정, 관심이 남아 있는 지금이 그때입니다. 무엇보다도 한 사람이 다른 사람에게 예속되지 않고, 또 상대방이 유배당한 상태가 아니라 둘이서 함께 무언가를 재창출할 수 있다면 그렇게 해야 합니다. 왜냐하면 상대를 핍박하는 자와 핍박을 받는 자 사이의 공간이 곧 공허한 빈자리를 의미하기 때문입니다.

하지만 더 이상 긍정적인 것이 남아 있지 않을 때는 어떻게 해야 합니까?

관계는 재구성될 수 있고 수정될 수 있습니다. 그렇지 않으면 단절될 수도 있습니다. 관계의 단절은 약간의 관대함이나 아끼는 마음 또는 적대감과 분노로 이루어지며 거기에는 항상 고통이 수반됩니다. 그렇다고 해서 결혼이나 결합이 가축의 우리와 같은 곳에서 서로의 존재를 말살하는 확정적 선고가 되어서는 안 될 것입니다.

나는 이야기를 꾸며내는 사람으로서 동화를 좋아합니다. 내가 동화를 다루는 이유는 그것이 현실을 비춰주는 거울이기 때문입니다. 내가 천사 얘기를 좋아하는 관계로 여기서는 천사와 관련된 동화 한 편을 소개하겠습니다. 이 이야기는 사랑과 사랑의 동반자 관계에 대한 얘기입니다. 그리고 흔한 관습이나 이미 보편화된 관례 또는 '유행' 등을 훨씬 초월하여 우리의 '공범'이 될 수 있는 사람을 만나는 이야기입니다.

완벽하게 운명의 통제를 받고 있는 한 남자가 있었습니다. 그는 잘 훈련된 가축과도 같았습니다.

어느 날 직장에서 일을 하는데 자세가 잘못 되어서 그런지 근육이 이완되는 바람에 양 어깨가 뻐근해짐을 느꼈습니다. 상태가 점차 악화되자 그는 목욕을 한 뒤 거울에 자신의 다 벗은 전신과 옆모습을 비춰보았습니다. 의심할 여지없이 어깨 아래 피부에 두 개의 돌기가 나타나 있는 것이 보였습니다. 겁이 났지만 아무에게도 그 사실을 알리지 않기로 했습니다. 게다가 아내와도 잠자리를 자주 하지 않았으므로 거의 한 달간 그 사실을 숨길 수 있었습니다.

그는 자신의 아내가 하던 것을 그대로 따라 했습니다. 즉 아내가 화장을 고치거나 머리를 다듬을 때 꺼내 보던 둥근 거울을 들고 매일같이 그 돌기의 상태를 관찰하고 분석하였습니다. 그러면서 그는 매우 심란해지곤 했습니다. 그 부위가 아프지 않았기에 고통 따위는 느끼지 못했으며 대신 호기심에 찬 눈으로 그것이 자라는 것을 지켜보았습니다.

그리고 생각에 잠겼습니다.

'의사한테 가봤자 소용없어. 왜냐하면 한두 개의 종양이 생겼을 뿐이고, 만약 그것이 너무 커졌다면 약이 없을 테니까. 그것을 제거하는 수술을 받느니 차라리 조용히 죽는 편이 나을 거야.'

한 번은 화장실에서 자위를 하다가 쾌락의 절정에 다다르던 순간, 그 돌기들이 자신의 등에서 튀어나오는 것을 느꼈습니다. 또한 잠을 자다가 깨어났을 때 물 위에서 몸을 구르는 한 마리 백조의 날개처럼, 그 돌기들이 접힌 채 자신의 몸에 붙어 있는 것을 보았습니다. 거울 앞에서 벌거벗은 몸을 비춰보던 그는 깜짝 놀랐습니다.

이제 그는 단지 내야 할 공과금이 있거나 출근해야 할 직장, 먹여 살려야 할 가정, 공원 산책길에 데리고 나가야 할 자식들, 지켜야 할 시간만을 가진 평범한 사람이 아니었습니다. 그는 놀라운 무언가를 가진 매력적인 남자로 탈바꿈해 있었던 것입니다.

그의 날개는 아주 실용적이었습니다. 왜냐하면 약간 풍덩한 와이셔츠를 입기라도 하면 그 날개가 옷 속에 기적처럼 감춰져서 남의 눈에 전혀 띄지 않았던 것입니다. 그리고 모두가 잠이 든 밤이면 베란다로 나가 옷을 벗고는 허공을 가르며 하늘을 날곤 했습니다.

마침내 그의 아내가 남편 몸에 무언가 다른 것이 있음을 알아차렸습니다. 하지만 그녀는 남편이 직장에서 너무 많은 시간 동안 앉아 있어서 등이 굽어가는 것으로 생각했습니다. 그 이상으로는 전혀 생각지 않았습니다. 비록 그녀의 모친이 그녀에게 "남편에 대해서는 언제나 반신반의 하는 것이 최고야."라고 말했음에도 불구하고, 그녀는 조용하기만한 남편에게 특이한 것이 있으리라고는 전혀 상상하지 못했습니다.

"그런 식으로 계속하다가는 꼽추가 되고 말겠어요. 자세를 똑바로 해보세요."

그녀는 핀잔을 주듯 말했을 뿐입니다.

이미 자신의 새로운 환경에 익숙해진 그 남자 천사가 주위를 둘러보았을 때는 상황이 벌써 많이 꼬인 상태였습니다. 아직은 날개 달린 한 사람의 남자에 지나지 않았지만 자신이 무척이나 외롭게 느껴졌습니다. 그런 생각을 하기 시작한 뒤 주변을 다시 둘러본 그는 한 여성을 알게 되었고 그녀와 사랑에 빠지게 되었습니다.

애인과 처음 동침하던 날 밤에 그는 자신이 날개 달린 사람이라는 것을 잊어버리고 옷을 모두 벗었습니다. 그런데 애인이 그의 등을 더듬자 날개가 조금씩 펴지기 시작했으며 급기야 쾌락이 절정에 이르던 순간에 날개가 남자의 등 뒤로 활짝 펴져서 아치 모양을 만들었습니다.

하지만 여인은 놀라지도 않았고 그를 떠밀어내지도 않았습니다. 오히려 그 남자에게 더 바싹 붙더니 이렇게 말했습니다.

"저랑 함께 가요, 저랑 함께 가요, 저랑 함께 가요."

그러고는 그녀 역시 날개를 펼쳤습니다.

- 《시간의 스토리》, 2000

사랑이란 복잡한 '과제' 입니다. 그 이유는 무엇보다도 타인을 사랑하기 위해서는 먼저 자기 자신을 사랑해야 하기 때문입니다. 사랑은 서로 정반대에 위치한 두 개의 거울처럼 안팎이 서로 반사되는 그 무엇입니다.

나는 마음속 이미지가 이끄는 대로 좋은 사랑을 찾아 나설 것입니다. 나는 그 사랑 속에서 스스로를 인식하고 재회할 것입니다. 또한 그 사랑 속에서 나를 분해하고 넓히면서 스스로에게 애원을 하며 나 자신을 발견할 것입니다.

사랑은 그 무엇보다도 자기 자신을 더 많이 드러내 보여줍니다. 사랑은 우리의 경향들, 즉 우리가 스스로를 위해 무엇을 더 원하고 선택하는지를 보여줍니다. 나는 스스로 행복하길 원하고 또 상대방을 행복하게 해주길 원합니다. 나는 그럴 만한 자격이 있습니다. 그렇지 않으면 나 자신과 상대방을 벌해야 할 것입니다.

나는 성숙할 자격이 있습니다. 그리고 나는 사랑하는 사람을 위하여 스스로의 존재를 은폐하고 사라지게 할 자격도 있으며 또 그렇게 할 수 있습니다. 결국 나와 함께 할 상대방에 대해서는 뭘 원한다는 말이겠습니까?

사랑의 '선택'은 모순처럼 보일 수도 있습니다. 과거의 사람들은, "남편을 선택한다, 부인을 선택한다."는 것들에 대하여 많은 말들을 해왔습니다. 나는 항상 그것에 대하여 큰 여지를 남겨두었습니다.

이제 나는 그것이 하나의 선택이지, 사람들의 그렇고 그런 충고의 대상이 아니라고 생각합니다. 즉 남편과 아내를 잘 선택하려고 노력하라는 뜻입니다. 이에 대한 기존의 관념에 따르면 그것이 겉으로 직설적인 표현이든 아니든 남편은 아내에게 경제적인 안정을 줘야 하며 아내는 덕이 많고 집안일과 자식들을 잘 돌봐야 한다는 것이었습니다.

이것은 곧 집안일을 잘 보살피는 것과 의식주의 편의, 외부로부터 부과된 엄격한 모델 양식을 의미합니다.

사랑은 다른 형태의 선택입니다. 얼핏 보기에 그 날개 달린 남자는 우연히 날개 달린 여자를 만났습니다. 하지만 솔직히 말해 그는 생의 동반자를 목숨 걸고 선택한 것이었습니다.

그러한 만남은 서로가 인식하지 못하는 무의식의 어둠 속에서 이루어집니다. 우리가 이전에 가졌던 인생설계와 지금 원하는 삶의 모델은 부분적으로 우리 자신의 만족과 필요에 따라 취해지는 의식적인 것들입니다.

하지만 그것은 또 무수히도 많은 가면으로 가려진 우리의 자아가 원초적으로 가지고 있던 충동들에서 싹튼 것이며 다분히 무의식적입니다.

가장 심각한 선택은 모든 내적인 기대감을 기반으로 합니다. 인생의 동반자를 선택하는 일에는 반드시 그럴 만한 가치가 있다고 판단되는 사람을 선택합니다. 바로 거기에서 스스로의 가슴에 비수를 꽂을 가능성도 있습니다. 자신의 정서적인 건강이나 질병, 가장 음흉한 욕망들 그리고 확신이 아니면 파괴로 치닫는 무의식적인 움직임에 따라 배우자를 선택하기 때문입니다.

일반적인 생각과는 달리 우리의 무의식 세계는 항상 무언가를 느끼고 냄새를 맡습니다. 나는 여기에 내 감정을 투입하고 자신을 바칩니다. 또한 바로 여기에 모종의 관계 설정을 고려해봄직한 사람이 존재할 것입니다.

우리는 사랑에 대해서 상대방과의 합일이라는 신화를 사는 것이라고 생각합니다. 그 순간 우리는 자신의 '모든 것' 인 연인의 존재

속에 푹 빠져서 자신의 정체성을 잃어버릴 것을 열망합니다.

초기의 열정은 그런 자신의 모습을 보고 싶어 하고 또 상대가 보여 주기를 원합니다. 그것은 우리가 상대방에게 마음의 문을 열고 그에게 침잠하기를 스스로에게 강요하는 행위입니다. 또한 그것은 자신의 영혼과 육체의 세세한 면들을 보여주고 또 자신이 살아온 과거를 지칠 줄 모르게 설명함으로써 그때까지 꿈꿔온 완전한 합일에 도달할 것 같은, 육체와 정신의 교환을 바로 자신에게 강요하는 것이기도 합니다.

사랑을 하는 동안 우리는 상대방이 뭘 하는지 알고 있으며 그가 누구와 대화를 하고 어디에 있었으며 또 무엇을 하고자 하는지 알고 있습니다. 혹은 그가 어떤 시간에는 어디에 있을 것이라고 꿈꿔 봅니다.

우리는 항상 그와 함께 있고자 합니다. 물론 그것은 애정과 관심을 확인하는 행위이기도 합니다. 하지만 사랑의 관계란 오랜 시간에 걸쳐 공들여서 만들어지는 그 무엇입니다. 그 관계는 매 상황마다 변화를 겪습니다.

우리는 변합니다. 하지만 우리의 동반자들이 반드시 우리와 똑같은 리듬으로, 우리와 똑같은 강도로 또는 우리와 똑같은 방향으로 변하는 것은 아닙니다.

좋은 부부, 사랑이 충만한 부부가 닥쳐온 위기의 국면을, 가능하다면 부부가 함께, 자신의 향상과 성장을 위한 기회와 발판으로 이용할 수 있는 에너지는 바로 그들의 본능과 애정에서 나옵니다. 그 본능이 건강하고 애정이 선하며 그들의 성격이 열린 성격이라면 말입니다.

이에 대한 기존의 모범사례라든가 틀 같은 것은 존재하지 않습니다. 그것을 가르쳐줄 학교도 없습니다. 어떤 안내서가 있는 것도 아닙니다.

인생의 동반자 중에서는 어쩔 수 없이 한쪽이 먼저 늙고 병듭니다. 또한 한쪽이 재정적인 면에서 굴곡이 있을 수 있고 직업상의 실패가 있을 수도 있습니다. 나이와 상황에 따라 어느 한 쪽이 발전할 수도 있지만 뒤떨어질 수도 있습니다.

두 사람 사이에 힘겨루기가 발생할 수도 있습니다. 아이러닉하게도 그 힘겨루기에서는 실제 훨씬 나약한 자가, 더 의존하고 더 많은 것을 포기한 쪽(항상 여성인 것만은 아닙니다.)에게 폭정을 가합니다.

허점이 많고 근본적으로 잘못을 저지른 사람이면서도 상대적으로 유리한 위치에 있는(이것은 무엇을 의미하는지는 모르지만) 사람이, 상대방을 '비굴하게 만들지 않기 위하여' 그의 사악한 짓거리에도 양보를 합니다. 또한 자신의 날개를 꺾으면서 스스로의 운명을 가지치기 할 경우도 있습니다.

그 사람이 여자라면 상황은 더욱 복잡해집니다. 왜냐하면 아직 동굴에 살던 원시시대의 유산일지도 모르지만, 남자는 강하고 여자는 약하며, 남자는 돈(권력)을 움켜쥐고 여자는 그 사람이 매달 주는 돈으로 살아가는 것이 우리의 관습이기 때문입니다.

나는 성공한 여성들 가운데서도 매월 말에 자신이 번 돈을 남편에게 건네주어 그 사람으로 하여금 돈을 관리토록 하는 몇몇 여성들을 보았습니다. 그들이 그렇게 하는 이유는 자신이 무능함을 느끼기 때문이거나 아니면 자신이 유능해지는 것이 남편을 불안하게 하거나 공격적으로 만들어놓을까봐 겁이 나기 때문입니다.

이런 경우 두 사람이 각각 별도로 치료를 받거나 아니면 상담을 받든지 또는 두 사람이 동시에 같은 전문의의 치료나 상담을 받든지 아니면 두 사람 가운데 한 사람만이라도 치료나 상담을 받는다면 보다 나은 관계와 삶을 위한 도구이자 계기가 될 것입니다.

일과 자식들에게서 멀리 떠나는 것도 두 사람 사이의 재결합에 좋은 기회가 될 것입니다. 그럼으로써 서로 진솔한 대화를 나눌 수 있는 기회가 생길 수도 있습니다.

하지만 그런 문제를 반전시킬 결정적인 계기를 만들고 자신의 삶을 뜯어고칠 수 있는 사람들이 의외로 그런 기회를 수용하지 못하는 경우가 많습니다. 죄의식이 그렇게 하지 못하도록 하는 것입니다. 상대방을 잃어버릴지 모른다는 두려움과 고독해질지 모른다는 우려가 그것을 수용하지 못하게 하기도 합니다.

그래서 모든 것이 그대로 남게 됩니다. 그러한 관계의 지표면 아래로 육체적이든 정신적이든 두 사람의 동반자살 기운이 감도는, 소리 없이 혼탁한 강물이 천천히 흘러갑니다. 그것은 기쁨과 따스한 마음의 종말이자 희망이 제거된 합의와도 같습니다.

누군가가 말하기를, 죄의식이란 별다른 목적도 없이 운반해가는 벽돌이 가득 든 가방과 같다고 했습니다. 이런 경우 단 하나의 해결책만이 존재합니다. 그 가방을 몽땅 내던지든가 아니면 최소한 그 가방을 두고 떠나는 것입니다.

하지만 스스로가 설정해놓은 규칙들, 단 한 번도 말로 표현되지 않은 합의들, 건강에 유익할 수도 있는 어떤 알력을 피하는 데 있어서 표면적으로나마 필요한 듯 보이는 어떤 정리들, 그렇지 않으면 적당한 자기 편의주의 등이 바로 우리로 하여금 행동으로 옮기는 것을 가로막고 있습니다.

나는 여기에 부부들 사이에서 너무나 자주 전개되는 귀먹은 전쟁에 대해서는 언급하지 않겠습니다. 이것들은 헤라클레스의 꿈쩍 않는 등짝처럼 강력한 벽을 쌓습니다. 하지만 그 벽들은 어느 순간엔가 폭력이나 고통과 함께 무너지거나, 아니면 거절당한 두 명의 존재를 기념하는 기념비로 남게 될 것입니다.

사랑에 대해 글을 쓰면서 단지 예속된 여성들에 대해서만 말할 수는 없을 것입니다.

　나는 아내에 의해 너무나 심하게 통제를 당하는 바람에 새로운 친구를 사귈 여지도 없을 뿐만 아니라 생각이나 생활의 활력이 되는 기본적인 친분 교류조차 할 수 없는 남편들을 몇 사람 보아왔습니다—물론 다른 여성이 관련된 경우라면 더 말할 나위도 없습니다.

　내가 사춘기 때 자주 드나들던 어느 가정의 경우 남편과 자식들은 모두 현관문을 들어서는 순간 신발을 벗어야 했습니다. 그 집의 현관에는 그 가엾은 사람들을 기다리는 슬리퍼들이 준비되어 있었습니다.

　"그 더러운 신발을 신고 우리집에 들어와서는 안 돼요!"

　안에서는 치마 입은 조련사가 큰 소리로 외치곤 했습니다.

　짓밟힌 인격은 어떤 해결책을 꿈꾸게 마련입니다. 우연히 그 해결책이 나타나고 또 그 해결책이 매력적일 경우에는 그때 상황과의 단절이 발생합니다. 그때는 흔히 그 상황 밖에 있던 사람들의 코멘트가 따릅니다.

　"뭐라고요? 둘 사이가 아주 좋은 것 같았는데!"

　여기에 추가할 것이 있습니다. 즉 치명적으로 회복이 불가능하게 된 부부 사이의 매력적인 해결책이 반드시 '다른 사람' 인 것만은 아니라는 점입니다. 그것은 자신이 성장할 기회라든가 여행할 기회, 또는 공부할 기회라든가 직장을 그만둘 기회, 또는 새로운 우정을 시작할 기회도 될 수 있습니다. 즐거울 수 있다는 것, 숨을 쉴 수 있다는 것, 신뢰할 수 있다는 것이 바로 그것입니다. 상대방에 의해 취조를 당한다든가 무시당함을 느끼지 않는 것, 바로 그것입니다. 물론 그와는 정반대로, "다 그렇지 뭐." 하는 식으로 현재 상태를 그대로 방치하거나 외면하는 편을 택할 수도 있습니다.

정말로 피할 도리가 없는 경우도 있습니다.

그 경우 하늘의 천사가 자신을 데려가는 것만으로도 이미 이전에 끝나버린 무언가를 최종적으로 결말 짓는 셈이 되지만, 그래도 우리를 데려가지 못하게 자신만의 그럴듯한 이유를 하나만이라도 댈 수 있을지 모르겠습니다.

내적인 자산

나는 이 책에서 성숙해진다는 것은 긍정적인 것이며 나이 든다는 것 역시 개성의 말소가 아니라는 점을 직간접적으로 주장해왔습니다.

남자든 여자든 우리를 좌절케 하는 동기 중 하나는 합리적인 상식을 넘어 사람들이 젊음을 지나치게 우상화하고 또 몸매를 신격화하는 문화 속에 살고 있다는 것입니다.

만약 성숙이 젊음의 결실이고 나이 듦이 그 성숙의 결과라면, 산다는 것은 그 존재의 복잡한 씨줄을 엮어가는 것입니다. 그러힌 과정을 살아가는 사람에게는 그 과정이 눈 가리고 아웅 하는 식의 천박함일지도 모르지만 그 과정을 지켜보는 사람의 입장에서는 아주 독특하고 멋져 보일 수도 있습니다. 그와는 반대로 인간의 역사라는 맥락에서 볼 때 그것은 너무나 무의미하고 하찮아 보일 수도 있습니다.

그러한 과정을 따라가면서 우리는 자신을 둘러싸고 있는 상황이라는 옷을 입고, 이미 자신에게 주어진 짐과 그동안 살면서 얻은 짐들을 운반하며 인생항로를 나아갑니다. 항해를 하면서 우리는 긍정적인 일이나 좋은 동반자를 만나기도 합니다. 그런가 하면 잘 사는 것을 어렵게 하는, 그래서 항상 우리를 제거할 준비를 하고 있는 괴물을 만나기도 합니다. 또한 각본에 씌어져 있는 무언가를 선택하기도 하고 연안에 돛을 내린 채 무언가를 계획하기도 합니다.

그런데 우리는 '잘 사는 것을 어렵게 만드는' 그 괴물에 대해서는 별로 신경을 쓰지 않습니다. 그것은 우리 문화의 일부이자 교육, 미디어, 각 개인이 지니고 있는 인격의 일부이기도 합니다. 그것은 또 잡지에도 있고 우리를 둘러싸고 있는 사람들과 우리가 사랑하는 사람들의 정신 속에도 있으며 바로 우리 자신의 마음속에도 있습니다. 우리가 그것과 싸우는 습관을 가지고 있지 않기에 그것은 지속적으로 성장하고 번식합니다.

그 적은 다양하며 수많은 머리를 가지고 있습니다. 우리는 성경에 나오는 어느 불행한 사람의 혼을 빼앗아 갔던 악마를 '많다' 라고 말했습니다. 그 다양한 적들은 우리를 통제하고 길을 가로막습니다. 그 적들이란 바로 성취할 수 없는 삶의 모델을 강요하거나 수용하는 것, 자신에 대하여 제대로 평가하지 않는 것, 편견에 사로잡히는 것, 개인마다 가지고 있어야 할 가치 있는 것들이 없는 것, 다양한 애정관계의 통속성 등을 의미합니다.

발전과 성장 대신에 우리를 무기력하게 하는 존재로서 우리를 놀라게 하는, 젊음―성숙―나이 듦의 과정에 대한 결과론적인 두려움이 바로 그것입니다.

우리는 퇴보와 쇠퇴라는 과정을 통해 자신이 종말을 향해 달려가고 있다는 생각을 극복할 필요가 있습니다. 그것은 우리가 갖고 있는 가장 파괴적인 환상입니다. 그것은 죽음에 대한 사람의 공포심을 먹고 살기 때문입니다. 그 환상은 또 기하급수적으로 커져 갑니다. 왜냐하면 우리가 마음속 빈 공간에 그것이 들어설 자리를 엄청나게 크게 내주고 있기 때문입니다.

인간으로서 또 생각하는 존재로서 당신이 생존하는 것 이상으로 성장하기를 바란다면 침대 옆 탁자 위에 놓인 시계나 우리의 '맥박' 시계는 일상의 활동을 규정하고 조정하는 도구일 뿐 그저 평범한 시계로 봐야 합니다.

특히 우리의 정신 속에 있는 시계가 그러합니다. 그 시계는 자신이 갖고 있는 매력과 한계, 풍요와 빈곤 등 각종 표시들을 가지고 각 상황의 국면을 나타내기 위해 존재합니다. 하지만 대개는 가지

치기가 아닌 성장을 의미합니다.

각 성장 단계마다 우리는 자기 나름대로의 의식을 거행하며 어떤 것은 잃고 어떤 것은 얻습니다. 그 가운데 몇 가지는 힘들게 쟁취한 것들입니다.

나는 지금 '내적인 자산' 에 대하여 말하고 있습니다.

'내적인 자산' 은 은행이 문을 닫고 나라가 파산한다고 해서 도산하는 것이 아닙니다. 아울러 사랑하는 사람이 죽었다고 해서 잃는 것도 아닙니다. 그것은 고통 속에서도 우리에게 빛을 내리고 기쁨 속에서 보다 많은 것을 즐기도록 도와줍니다. 또한 표면이 죽은 것처럼 무의미해 보이는 권태 속에서도 잠재돼 있던 에너지를 요동케 하는 그 무엇입니다.

그것은 우리가 모든 것이 끝났다고 생각할 때, 기쁨이나 감동 등 그때까지 간직했던 그 모든 것을 더 이상 가지지 못할 것이라고 생각할 때, 엄청난 활력과 힘으로 치솟아 오를 것입니다.

내가 지금 말하고 있는 것이 그 보물들에 대한 것입니다. 그 보물들에게는 우리를 마비시키는 것을 제압할 능력이 있습니다. 그것들이 우리의 현실 지상주의 문화, 기회 있을 때 즐기자는 문화, 뭐든지 얻기만 하려는 문화, 유행을 따르려는 문화, 항상 앞서 가야한다는 문화, 쉴 새 없이 뒤흔들고 흘려 가는 문화를 극복하게 해줄 것입니다.

어린 시절에는 모든 것이 항상 현재입니다.

우리는 지금 사느라고 바쁩니다.

이제 조금씩 이전과 이후가 서로 구분이 됩니다. 아마도 그것은 아직 측정되지 않은 시간 속에서 멀리 떠났다가 되돌아오는, 활력을 주는 어떤 존재와의 일시적인 결별에 의한 것일 겁니다. 그 존재의 부재는 그 존재가 되돌아오는 짧은 순간에 현실로서 존재합니다.

"아니, 너 거기에 있지 않았어?"

결국 우리는 그 미적지근한 물에서 밖으로 모습을 드러냅니다. 그리고 자신이 시간 속에 존재한다는 것을 깨닫습니다. 우리는 과정 속에 있고 여행을 하는 중이며 어떤 흐름 속에 있습니다. 이제 가장자리가 그 윤곽을 선명히 드러내고 곧 우리의 이야기가 시작됩니다.

나는 어렸을 때 해 뜰 무렵에 일어나 나에게 금지된 것을 맛보는 걸 좋아했습니다. 왜냐하면 그때만 해도 어린이는 엄마가 부를 때까지 침대에 잠자코 누워 있어야 했기 때문입니다. 나는 창 쪽으로 가서 소리가 안 나게 창문을 열곤 하였습니다. 그 시간의 정원은 얼마나 환상적인지 모릅니다. 정원은 짙은 어둠에 싸여 있었고 그와 동시에 곧 시작할 아침에 대한 기다림으로 충만해 있었습니다.

그 시절만 해도 낮과 밤이 바뀌는 것이 나에겐 신기한 변화를 보여주는 미술과도 같았습니다. 화려한 날개를 탄생시키는 누에고치처럼 말입니다.

왜 하필 몸집은 커지고 피부에는 거친 주름이 생기고 인생의 영고성쇠를 다 겪은 내가 이제 와서 자연스러운 변화(성숙과 나이 듦)가 아니라 쇠퇴기에 있다고 생각해야 하는 겁니까?

아기 때 예뻐 보이던 것이 청소년기에는 즐거움을 주지 못합니다. 또 청소년기에 환상적이던 것이 성숙기에는 더 이상 그렇지 않을 수 있습니다. 하지만 노년기의 경우—그 노년기가 청춘의 캐리커처가 아니라 할지라도—그 나이 듦이 갖고 있는 무엇이 우리를 매혹시킵니다.

어느 날 사람들이 나에게 물었습니다.

"그런데 나이가 드는 것에서 무엇이 긍정적일 수 있나요?"

"한 가지만 말해준다면 당신 말을 믿겠어요."

그것은 나이가 들어감에 따라 내적인 품격이 육체적인 그 무엇보다 돋보이게 드러난다는 것입니다. 머리카락, 눈빛, 탄력 있는 피부와는 반대로 내적 덕목은 점점 더 완벽해집니다. 내적인 덕

목이란 바로 지혜, 덕성, 품위, 남의 말을 경청할 줄 아는 자세 따위를 가리킵니다. 그것은 곧 세상에 대한 깊은 이해력을 의미합니다.

하지만 그 내적인 것이 돋보이려면 그 안에 또 다른 무언가가 존재해야 합니다. 육체의 쇠퇴는 내부에서 나오는 빛으로 보상될 것입니다. 수술을 통해 자기 육체를 잘라낼 필요도 없고 진한 화장도 할 필요가 없으며, 지나치게 화려한 옷을 입을 필요도 없습니다. 아울러 자신의 신체를 이곳 저곳 가리려고 할 필요도 없습니다.

그 이유는 우리가 성숙해 있기 때문입니다. 그렇지 않으면 성숙을 넘어 이미 나이가 들어 있기 때문입니다.

만일 우리 몸에서 일어나는 변화가 불가항력적인 것이라면 그 변화의 속도와 특성은 유전자라든가, 스스로의 관리 노력 또는 건강과 내적인 생명력 등에 달린 문제입니다. 불가항력적인 변화에는 단 하나의 해결책만이 존재합니다. 그것은 내가 할 수 있는 한 최선의 방식으로 그것을 직접 받아들이며 적극적으로 살아가는 것입니다.

문제는 그것으로 인생이 멈추는 것이 아니라는 사실입니다. 멈추거나 뒤로 물러서는 대신에 그것과 함께 여행을 한다는 것입니다.

만일 당신이 바보가 아니라면 자신의 외모가 변해가는 모든 단계를 좋아할 것입니다. 자신의 모습을 거울에 비춰보며 "좋아, 이게 나야."라고 말할 수 있게 됩니다.

나의 몸은 보통 이상으로 잘 가꾸어진 것도 아니고 그렇다고 지나치게 망가진 것도 아닙니다. 나는 이 단계에 들어서면 응당 갖게 되는 그런 모습을 하고 있을 뿐입니다. 내가 그런 존재라면 그 모습 그대로 좋아할 것입니다.

나는 바로 내가 살아온 역사입니다.

그도 그럴 것이 우리의 진정한 모습은 겉으로 드러나는 외모만이 아니기 때문입니다. 하지만 역설적일지 몰라도, 우리는 우리의 외모이기도 합니다. 그러므로 자신의 외모를 부정한다는 것은 결국 그렇게 변화한 자기 자신을 부정하는 것과 같습니다. 하지만 외모를 무시하는 것이 우울한 일이라고 해도 우리가 20~40대의 나이로 보이길 원하거나 아니면 40~70대로 보이려고 원하는 것은 처량한 일입니다. 우리는 60대 혹은 80대의 아름답고 품위가 있는, 우아하고 활력이 넘치는 사람이 되기를 원해야 할 것입니다.

게다가 여든에도 행복한 사람이 되기를 말입니다.

누군가 나에게 책을 한 권 빌려준 적이 있는데 한 문장에 밑줄이 그어져 있었습니다. 그 문장은 바로 '삶의 목표는 죽음이다.' 라는 것이었습니다.

좋습니다. 하지만, 나는 삶의 끝은 죽음이지만 삶의 목표는 행복이라고 믿습니다.

언어는 강가의 돌처럼 마모됩니다. 그 돌은 지금 이 순간 형태도 의미도 장소도 변합니다. 그리고 결국 사라지거나 강바닥의 진흙이 될 것입니다. 물론 멀고 먼 세월이 지나 새로워진 모습으로 다시 등장할 수도 있습니다.

행복 역시 그 돌과 같습니다.

행복은 통속적으로 변하고 말았습니다. 그 이유는 감동적인 일들과 희망을 통속화하는 시대에 살고 있기 때문입니다. 전자레인지에 넣기만 하면 곧바로 음식이 되어 나오는 패스트푸드와 같은 시대입니다. 모든 것이 쉽고 빠르게 해결될 수 있도록 준비된, 정말 현기증 나는 시대입니다.

내가 매혹의 대상이자 직업으로서 언어라는 영역을 선택했지만 언어가 그 쓰임에 따라 얼마나 강한 전염성을 띠는지, 또 얼마나 공격적이며 모순투성이가 되는지 그 문제점들을 모두 나열하기가 어려울 지경입니다.

어떤 말은 아이러닉한 자세나 순진무구한 태도를 취하기도 합니다. 혼란스럽기도 하고 비능률적이기도 하며 때로는 오해를 불러일으키기도 하지만 그 반대로 의미를 보다 명확히 밝혀주기도 합니다.

나는 언어가 어떤 식으로 우리의 경험을 차지하는지 잘 알고 있습니다. 그 경험 위에 어떻게 표정을 씌우고 옷을 입히는지, 어떻게 우리가 상상도 하지 못했던 분위기를 연출해내는지 잘 알고 있습니다.

나는 서로가 조화롭지 못한 세상사—사람과 언어—를 좋아합니다. 그것의 불분명한 윤곽은 그것에 대하여 깊이 생각할 권리와 그것들을 넘어 무언가를 창조할 수 있는 권리를 집행하도록 도와줍니다.

하지만 어떤 말이나 상황은 그것이 뒤집어쓰고 있는 갖가지 가면들 뒤의 무언가를 염탐할 때 나를 깜짝 놀라게 합니다.

그것들 가운데 많은 것이 우리 시대의 각종 변화들과 행동, 진보, 발전 패턴의 변화를 숨기고 있습니다. 그와 동시에 그늘진 부분과 쓸데없는 고민, 무의미한 낭비들도 숨기고 있습니다. 그것의 몇 가지는 우리가 드물게 성취한 만큼이나 비록 성취는 했어도 자유와 행복과는 거의 관계가 없는 이상들과도 관련되어 있습니다.

내가 우리 시대의 밑바탕에 깔려 있는 편견을 짊어지고 가지 않는 한 세월의 흐름은 나를 점점 더 완벽하게 이끌어줄 것입니다. 그 편견의 내용은 오로지 청춘만이 아름답고 행복할 권리가 있는 반면, 성숙하는 것은 재미가 없으며 늙는 것은 어떤 저주와 같다는 것입니다.

성숙한 나이는 종말의 시작이 아닙니다. 나이가 들었다고 해서 그것이 곧 고립과 무미건조함을 의미하지는 않습니다. 그 나이에서도 애정관계, 가족관계, 친구관계가 더 강화될 수 있으며 자신의 관심분야도 보다 다양화될 수 있습니다. 아울러 좋은 것들을 누리는 기쁨을 더 잘 즐길 수 있습니다.

존재한다는 것은 당신이 아닌 사람, 당신이 될 수도 없는 사람, 당신이 원하지도 않는 사람이 되기 위해 스스로를 소모하기에는 너무나 귀중한 사람이라는 의식, 바로 그 의식을 가다듬는다는 뜻입니다.

"세월이란 것이 그렇죠. 가장자리에 있는 것까지 갉아먹고, 침식하고, 잘게 부수고…… 결국 모든 것을 다 삼켜버려요. 그 세월을 애완견으로 만들지 않는 한 그 어떤 것도, 그 누구도 그 세월을 피할 수는 없을 거예요."

— 《맹점》, 1999

이 책을 통하여 나와 동행해온 독자는 내가 사색의 세월, 증오의 세월, 두려움의 세월, 극복의 세월을 하나 둘 풀어가는 데 도움을 줄 것입니다.

왜 우리는 그 세월에 대하여 그렇게도 많은 두려움을 가지고 있는 걸까요? 무엇 때문에 우리는 그 세월이 미래를 약속하는 무엇이 아니라 어떤 위협으로 보는 걸까요? 그렇지 않으면 사람들이 언제 그렇게 생각하도록 가르쳤고 또 그렇게 받아들이도록 가르쳤나요?

우리는 지금 자신에게 더 많은 시간을 주었으면서도 그 시간의 흐름을 증오하는 문명 속에 살고 있습니다.

한 번은 여기자가 물었습니다.

"당신은 세월이란 존재하지 않는다고 강조합니다. 그런데 어떻게 그것에 대해 그렇게 많은 글을 쓸 수 있는 거죠?"

한편으로는 그녀의 말이 옳지만 다른 한편으로는 틀렸습니다.

세월은 내 작품들의 배경이거나 아니면 등장인물이기도 했습니다. 내가 세월이란 것은 존재하지 않는다고 주장할 때 그것은 세월이 나의 믿음들 또는 염세주의를 결정짓는 그 무엇으로 존재하는 것이 아니라는 말입니다. 단 내가 그렇게 되기를 원하지 않는 한 말입니다.

세월이란 어느 나이부터 저항할 수 없도록 산 아래로 나를 밀어

내는 강력한 외적 존재가 아닙니다. 여기서 '어느 나이'라는 것은 임의로 혹은 각국의 보건기구들에 의해 표시된 나이를 뜻합니다.

우리는 여러 긍정적인 방식으로 그 세월에 저항할 수 있습니다. 그 방식이란 다름이 아니라 자신이 살아오면서 겪는 각각의 인생 단계를 받아들이며 높이 평가하는 것입니다. 그리고 이미 대중화되어버린 생각들에 스스로를 내맡겨 체념을 하거나 주름이 생기기 시작하자마자 포기하지 않는 것입니다. 또한 그것은 우리 자신을 젊은 캐리커처로 만들어놓는 억지 저항의 유혹에 절대로 빠지지 않는 것이기도 합니다.

인생의 성숙기에도 누릴 수 있는 기쁨들에 대하여 현 사회에 만연하고 있는 몇몇 생각들은 처량하기까지 합니다.

혼자 사는 65세의 한 여성이 새 아파트를 샀습니다. 그 사실에 대하여 그녀가 주위에서 들은 얘기들은 고무적이긴 했지만 몇 마디가 그녀를 심란하게 만들어 놓았습니다.

"그 나이에 그렇게 멋진 아파트를 사다니, 주위에 남자들이 득실득실한가봐."

"너의 그 새 아파트 건물 근처에 현대식 헬스클럽이 문을 열었다더군. 이제는 젊고 잘생긴 총각들을 만나기가 어렵지 않겠네?"

쓸모없는 것들이 만연한 이 세상에서 그런 관념들은 우리에게 생기를 북돋아주는 것이 아니라 오히려 꽁꽁 얼어붙게 합니다. 또 그것은 가치 있고 긍정적인 무언가를 구축해가자고 제안을 하는 것이 아니라 유해하고 바보 같은 생각들을 심어주는 격입니다. 그렇게 되면 세월은 아이들을 통째로 잡아먹는 괴물이 될 것이고, 위기의 순간들은 마치 우리를 짚이 들어 있는 헝겊 인형인 양 손쉽게 저 멀리로 내던져버릴 것입니다.

만일 나의 눈길이 현실, 즉 외부 세계에 의미를 부여한다면, 나의 육체적인 아름다움이나 외모, 나이와는 상관없이 이 세상에 나를 위한 자리가 있다고 천명할 수 있을 것입니다. 하지만 나의 시선이 아주 멍청하거나 현학적인 렌즈를 통해 세상을 본다면 나는 완연한 성숙기에 접어들기도 전에 가방을 싸서 돌아오지 않는 강을 건너야 할 것입니다.

다른 것들과 마찬가지로 산다는 것은 나의 육신을 변화시킬 것입니다. 그리고 내 영혼 위에 내가 그에게 허용할 힘만을 행사할 것입니다.

단지 우리가 자신의 가장 가까운 동반자—우리가 여행하는 세월—에게 그것을 허락한다면 그 세월은 아주 포악한 백정으로 변할 것입니다. 그리고 우리는 해로운 새들을 쫓아버리는 대신 하늘을 날 수 있는 가능성을 막아버리는 허수아비에게 묶인 채 세월을 보내게 될 것입니다.

이제 방법은 게임을 뒤집는 것입니다.

자연적인 것을 자연스럽게 받아들이는 것, 바뀔 수 없는 것을 잘 환대하는 것이 그것입니다. 제가 잘 살아야 할 많은 이유들이 있습니다. 또한 발견해야 할 많은 흥미로운 것들이 있습니다. 그것들은 제가 이전에는 시도해볼 마음의 여유도 없고 또 지혜도 없었던 것들입니다.

우리는 지나치게 나약하고 감상적이어서 삶이 우리에게 준 대로, 각 단계마다 이룩된 대로 그 삶을 사랑할 능력조차 없습니다. 우리는 무언가를 생산하고 또 새로운 것들에 대해 마음의 문을 열게 하는 긍정적인 어떤 혼란이 아니라 원하는 뭔가를 찾지 못해서 만족을 못하는 그런 혼란에 휩싸여 있습니다. 그래서 마음은 산산조각 나고 길을 찾지 못해 방황하는 것입니다.

우리는 너무 크거나 너무 뚱뚱해서, 너무 늙었거나 세련되지 못해서, 남들보다 덜 부자이고 영향력이 없기에, 남들이 만들어놓은 패턴이나 틀 속에 들지 못한다는 이유만으로 스스로가 타인과 자신에게 선망의 대상이며 사랑스러운 사람이라는 사실을 자연스럽게 받아들이지 못합니다.

그 결과 스스로 사랑받는 존재가 되는 것을 포기하고 맙니다.

젊은 몸도 병들거나 몸매를 잃어버릴 수가 있듯이 성숙하거나 나이든 몸도 오히려 건강하고 조화로울 수 있습니다. 하지만 성숙하거나 나이든 몸을 새파랗게 젊은 몸과 비교한다는 것은 어린애 같은 행동이자 잔인한 생각입니다.

보다 많은 평온함과 보다 많은 지식을 가지고 자기의 주관을 공고히 하려면, 즉 인간의 차원에서 한 개인이 되려면 깊은 사고와 확고한 신념 그리고 개성이 있어야 합니다. 그러나 그 주관도 이미 낡아버린 그 무엇입니다. 한물 간 얘기입니다. 우리는 이른바 "인생을 즐겨라."라는 주문에 끊임없이 유혹을 받습니다. 인생을 즐겨라, 라는 말이 진정으로 무엇을 의미하는 것인지 모르겠습니다만.

내가 아주 젊었을 때 물론 지금도 가끔 그렇지만, "일찍 결혼하지 마, 먼저 인생을 즐겨야 해!"라는 말을 종종 듣곤 했습니다. 그런데 사실 그 말은 단지 젊은 남성들에게만 유용한 것이었습니다. 대신에 젊은 여성들은 스스로 복종할 줄 알고 친절하도록 준비를 해야 했습니다. 요즘도 나는 이런 말을 듣습니다.

"결혼하자마자 애를 가질 생각일랑 그만둬. 우선 즐기라고!"

그러한 표현에 대하여 내 생각을 어떻게 말해야 할지 모르겠습니다. 나는 그런 표현을 쓰지 않으니까요. 단지 내가 아는 것은 즐긴다는 것이 본질적으로 무언가를 얻는다든가, 구매한다든가, 향유한다든가, 가진다든가, 여행한다든가, 춤을 춘다든가, 성관계를 가진다든가, 무엇을 소비한다든가 하는 것이 아니라는 것입니다. 즉 이 모든 것이 다 포함되는 것이며 그것은 아주 좋은 일입니다.

하지만 '즐긴다'는 말이 과연 무엇을 의미하는 것일까요?

몇몇 사람에게는 자신에게 제공된 모델이 까마득한 거리에 있더라도 반드시 최신 유행을 따르는 것을 의미합니다. 또 어떤 사람에게는 자신의 욕구와는 관계없이 소비재를 가진다는 것을 의미합니다.

무방비 상태의 동물들처럼 우리는 실제로는 수긍하지도 않는 생각들에 사로잡혀서 미디어와 산업, 상업주의와 유행이 만들어 놓은 환상의 희생자가 되고 맙니다. 그러한 환상을 흩뿌리는 주체들은 마치 '순간의 아름다움'과 '영원한 청춘' 등 현란하게 포장되고 우상화된 상품들을 다른 것보다 훨씬 더 가치 있는 것처럼 당신에게 내놓습니다.

육체적인 차이에 대한 공포가 너무나 광범위하게 퍼져 있는 바람에 이제 그 공포는 당연한 일이 되어버렸습니다. 다른 이의 소식을 물었을 때 묘한 제스처와 더불어 예기치 못한 대답을 듣게 되는 경우가 종종 있습니다.

"요즘 딸은 어떻게 지내요?"

"아주 뚱…보가 되었어요!"

"그런데 그 친구는 어떻게 지내요?"

"흠, 산더미 같은 거구가 되었어요!"

그렇게 대답을 하는 사람들에게는 내가 안부를 물은 대상이 여행 중이라든가, 자식을 하나 더 봤다든가, 학업을 마쳤다든가, 병이 났다든가 아니면 명랑해졌다든가, 퇴직을 했다든가 또는 재혼을 했다든가 하는 것을 알고 싶어할 수도 있다는 생각조차 하지 못하는 모양입니다.

우리들이 집착하고 있는 것은 돈이나 사회적 지위 이전에 외모입니다. 그러므로 산다는 것은 앞으로 나아가는 것이 아니라 스스로를 소비하며 쇠약해져가는 것이 되고 맙니다. 하지만 어린 시절에 나의 뼈들이 길어지고 내 구두의 사이즈가 더 이상 125가 아닌 것도 성장 과정의 일부입니다. 또한 성숙기에 내 몸이 변하고 그렇게 계속 더 변해가는 것 역시 성장 과정입니다.

그와 마찬가지 논리입니다. 60대, 70대, 80대에 나의 걸음걸이가 어눌해지고, 피부에 주름살이 생기고, 허리는 굽어지고, 눈빛을 잃어가는 것은 삶의 일부를 이루는 것일 뿐 죽음의 일부를 이루는 것은 아닙니다. 만약 내가 자연스러운 한계 안에서 스스로를 없어도 되는 존재라고 간주하는 것이나 움직이고 행동하고 적극적으로 참여할 권리도 포기한 채 그늘에 숨어버리는 것은 삶의 일부가 아닌 것입니다.

"저는 수영장에 가지 않은 지 몇 년이나 돼요. 누군가가 지금의 제 몸매를 보도록 내버려둘 수 없어요. 그랬다가는 어떻게 될지 상상하실 수 있겠어요?"

마치 20년 혹은 40년 전의 자기 모습을 되찾으려는 듯이 그렇게 말하는 사람은 자신이 이제 더 이상 이 세상에 존재하지 않는다는 느낌을 갖게 될 것입니다. 또한 거울에 비친 사람이 과거 자신의 연속이 아니라 자연의 배신이라는 느낌을 갖게 될 것입니다.

유전이나 실제 가능성, 나이와는 상관없이 우리는 언제나 실망하고 좌절합니다. 그 이유는 우리가 더 이상 금발도 아니고 햇볕에 그을린 갈색피부도 아니며, 마르지도 않고 더 이상 늘씬한 각선미도 없고 근육질의 탄탄한 몸매를 유지하고 있지도 않으며, 매끈한 피부를 가진 것도 아니고 눈 역시 더 이상 유혹적이지 않기 때문입니다.

그렇다면 우리는 과연 어떤 이유로 단지 청춘만이 과감하게 행동할 권리와 스스로를 혁신할 권리, 사랑할 권리를 가지고 있다고 생각하는 것일까요? 또 어떤 이유로 청춘만이 좋고 아름답다는 생각을 수용하고 키우는 것일까요? 그 권리라는 것이 존재의 권리나 공간을 가질 권리를 의미하나요?

우리가 겪는 고통의 상당 부분(나는 가볍게 여겨도 되는 고통을 말하고 있습니다.)은 우리가 미성숙한 어린애라는 사실에서 발생합니다. 우리는 지금 육체적으로 젊지 않기 때문에 고통을 받기도 하지만 아직 해야 할 일들 때문에 고통을 받기도 합니다. 여기서 그 '해야 할 일들' 이란 원하는 상품을 뭐든지 다 구매하고 또 유행하는 곳에는 어디든지 다 드나드는 것입니다. 절대로 가만히 있지 못하고 절대로 스스로에 대하여 만족하지 못하며 변해버린 자신을 절대로 받아들이지 못하는 것도 그것에 해당됩니다.

무언가를 생각하기 위해 잠시 멈춘다는 것은 생각할 여지도 없습니다. 그럴 경우 너무나 고통스러울 것이니까요.

그것은 불안정한 마음의 징후가 아니라 가난한 마음의 징후입니다. 그것은 삶을 살아가는 것이 아니요, 그 인생을 즐기는 것은 더더욱 아닙니다.

그 줄달음질 속에서도 문득 걸음을 멈추고 자신이 가야할 길과 도착할 목적지를 가진 복잡한 존재라는 의식을 가지는 일조차도 없습니다.

우리는 마음의 변덕만큼이나 바쁘게 움직일 뿐입니다. 생의 어느 한 순간 사랑할 시간, 점잖고 너그러울 시간, 깊이 사색할 시간,

자신의 내면을 들여다볼 시간, 나와 함께 사는 사람들의 내면을 들여다볼 시간을 갖지 못합니다. 또한 내가 생각하는 무언가를 자식들에게 보여줄 시간, 내가 사랑하는 사람에게 충실한 동반자요 '공범자'가 되는 시간도 갖질 못합니다.

우리는 그런 식으로 행동하지 않습니다.

우리의 인생이 갖고 있는 각 단계들은 둑이나 제방들로 칸막이가 되어 있지 않습니다. 그것은 쉴 새 없이 흐르는 물과 같습니다.

시간도 마찬가지입니다. 시간의 흐름은 자연적인 것이며 공생의 일부를 이루는 것입니다. 우리가 불안해 하고 죄를 짓고 있을 때 낯선 이방인처럼 일상 속으로 불쑥 끼어드는 '어떤 순간'이 아닙니다.

대화는 습관입니다. 습관처럼 대화하지 않는다면 혼자로는 잘 익은 양질의 과일을 생산해내지 못하듯 변해버린 자신을 재창조하지 못할 것입니다.

그 겉치레와 자유분방함, 믿을 수 없을 정도로 넘쳐나는 많은 정보들에도 불구하고 우리는 성생활에서조차도 원시인으로 남아 있습니다.

우리는 자신이 성적으로 환상적(이것은 어떤 불안감으로 인해 거의 언제나 거짓말이거나 야유를 뜻합니다.)이어야 한다는 의무감에 사로잡혀 있습니다. 그것은 우리가 가난하고 빈약한 존재기 때문입니다. 만일 미디어가 변해버린 자신에게 적당히 싼 가격의 침대에서—혹은 침대 밖에서—행복해질 수 있는 방법을 제공할 경우 그것을 잘 분석해보면 침대에서의 행위는 미끼에 불과할 뿐임을 알게 될 것입니다. 사랑이 충만한 행복이란 성적인 능력이 아니라 따뜻한 마음에서 나온다는 결론에 도달할 것입니다.

우리는 얼토당토 않은 삶의 모델들에 대항하여 싸우는 법을 배워야 합니다. 그리고 내가 누구이며 내가 좋아하는 것은 무엇인지 또 내가 어떤 존재가 되기를 바라는지—즉 어떻게 더 행복해질 수 있는지—를 배워야 합니다. 이런 것들은 잡지나 텔레비전 또는 친구들의 잡다한 충고 속에 있지 않습니다. 그것은 지극히 개인적이며 남에게 넘기거나 떠맡길 수 없습니다. 우리 각자가 그것을 이해하고 구축해갈 필요가 있습니다.

행복은 각자가 매일 세상이 제공하는 것을 있는 그대로 받아들일 것인지 아니면 바로 자신이 스스로의 행복을 결정지을 것인지에 달려 있습니다.

잃지 않으면서 잃는다는 것

내가 가졌던 사랑들 또는

나를 가졌던 사랑들이 떠나갔습니다.

그들은 조명이 내리는 침묵의 행렬 속에서

떠나갔습니다.

세월은 나에게

죽음도 너무 믿지 말 것을,

삶도 포기하지 말 것을 가르쳤습니다.

이제 나는 어느 한 정원에서,

나와 가버린 꿈들,

오래된 사랑들, 그 사랑의 비밀들이 있는

정원에서 기쁨을 키워갑니다.

마치 뿌리들 사이에 있는

형형색색의 작은 조약돌처럼 반짝이는

그 희망을 말입니다.

— 〈비밀스러운 곁눈질〉, 1997

희망이라는 나의 연인

한창 젊은 나이에 그녀는 자살을 시도했습니다. 병원에서 눈을 떴을 때 한 간호사와 눈이 마주쳤는데, 간호사가 물었습니다.

─왜, 무엇 때문에 자살을 하려 했어요?

그녀는 아주 맑은 정신으로 정확하고 간결하게 대답했습니다.

─희망이 없어서요.

우리 모두는 경험적으로 자신의 시야에 지평선이 들어오지 않는 날들을 익히 잘 알고 있습니다. 우리는 또 경험을 통하여 병들어 있거나, 아니면 천성 때문이든 형성과정 때문이든, 고집불통의 비관주의자가 아닌 한 언젠가는 그런 날들이 지나갈 거라는 것도 잘 알고 있습니다.

어느 정도 낙관주의자가 되고 안 되고는 성장기의 형성과정과 가정의 분위기, 유전적 영향, 순간의 상황 등에 달려 있습니다. 스스로가 만족감을 느낄 때 어떤 신념을 가진다는 것은 분명 쉬운 일입니다. 하지만 우리는 단지 자신이 처해 있는 상황 자체일 뿐만 아니라 자기 본래의 모습 그 자체이기도 합니다.

지독한 비관주의자는 신문에 실린 모든 나쁜 소식들을 수집한 뒤 그것을 매일 아침마다 친구들에게 보냅니다. 그는 인간이란 정말 쓸모없는 존재라고 생각하며 그들이 사는 세상 역시 전쟁과 부패가 만연한 무대일 뿐이라고 생각합니다.

반면에 지독한 낙관주의자는 우리가 살고 있는 현실이란 텔레비전의 연속극, 청소년기의 꿈, 유행, 잡지, 해변, 클럽 등에서 펼쳐지는 현실과 똑같다고 생각합니다.

하지만 분별력 있는 사람(재미도 없고 짜증나는 사람이 아닌)은 인간이 위대한 그 어떤 존재가 아니라는 것을 알지만 그런 인간을 좋아하며, 또 인생이란 투쟁이지만 그래도 그 인생을 잘 살고 싶어합니다. 아울러 이 세상에는 불의와 배신, 고통이 존재하지만 그와 동시에 아름다운 것과 따뜻한 정들, 멋진 순간들도 존재한다는 것을 잘 알고 있습니다. 그는 사랑하는 사람에 의해 배신당하지 않은 채 서로를 신뢰할 수 있다는 것도 잘 알고 있습니다.

나는 천성 때문이든 자랐던 과정 때문이든 아니면 주변 환경 때문이든, 본질적으로 비관주의자일지도 모릅니다. 아니면 그저 기분이 우울한 사람일 수도 있습니다.

침체된 상태에서 벗어나는 방법은 사람마다 다릅니다. 치료 요법, 멋진 산책, 새로운 사랑, 머리 염색, 멋진 장소에서의 맛있는 저녁식사, 정원에 있는 화분의 위치를 바꾸는 것, 예술계에서 무슨 일이 일어나고 있는지 눈여겨보는 것 등이 하나의 방법이 될 수 있습니다. 또한 독서와 사색, 안과 밖을 관찰하는 것, 애완견을 한 마리 사는 것, 축구 경기를 구경하는 것, 여행을 계획하는 것 등도 방법이 될 수 있습니다. 물론 그것이 무엇이든 예술에 가까이 다가가려고 노력해보는 것, 관심과 애정을 새롭게 하고 그것들을 가꿔가는 것도 마찬가지입니다.

하지만 내가 자신의 우울한 기분이나 모든 것을 비관적으로 보는 시각을 즐긴다면, 또 그렇게 함으로써 다른 사람의 관심을 끌려고 한다든가 아니면 그들(또는 바로 자신)을 골탕 먹이려고 한다면 그것은 영원한 불만족을 추구하는 것이 될 것입니다. 그러다 보면 결국 나는 희망의 필수적인 연인들, 그 그룹으로부터 점차 멀어져 갈 것입니다.

세월이 많은 것(아마도 가정, 직장, 나의 육체, 나의 사랑들)을 쓸어가 버린 뒤에도 좋았던 것은 계속 남아 있을 수 있습니다. 그늘이나 텅 빈자리가 아니라 다시 꽃피울 동기 말입니다.

이제 당신은 그늘에서 태양이 내리쬐는 곳으로 나와 앉습니다. 치명적인 상실에의 첫 공포가 사라지고 나면 무능했던 자신과 아직 그런 상황을 받아들일 수 없는 저항감 속에서 약간의 틈이 열리기 시작할 것입니다. 그 틈을 통하여 과거의 밝은 빛이 현재라는 이 순간을 향해 강렬하게 쏟아져 내릴 것입니다.

그 거실의 탁자, 그 아들, 그때의 친구, 피아노 소리, 우리가 잘라버리려 했던 그 나뭇가지, 수년 전 걸었던 그 길……. 이 모든 것이 당신을 다시 부를 것입니다. 그것은 더 이상 과거를 슬퍼하기 위함이 아니라 아름다웠기에 잃지 않았던 것을 지금 이 순간 다시 투영하기 위한 것입니다.

우리는 또 자신이 사랑했던 사람들에게, 거의 잊혀진 친구들에게, 어린 시절에 팔려버린 집에게, 그 세월과 함께 사라진 사람들에게 빚을 지고 있다는 의식을 갖기 시작할 것입니다. 그리고 다른 사람과 함께든 혼자이든 다른 집에서, 다른 친구들과 함께, 새로운 물품들 또는 과거의 물품들과 함께 다시 한 번 더 잘 살 수 있을 거라는 의식을 갖기 시작할 것입니다.

　언제나 당신에게는 이미 사라진 아름다움으로부터 무언가 매혹시키는 것이 있음을 볼 줄 아는 능력과 한 줄기 빛이 다가올 것입니다. 그것이 바로 '비밀스러운 곁눈질'입니다. 그 '곁눈질'은 모든 사람들이 할 수 있는 것이지만 그렇지 못한 사람들도 많습니다. 성급함과 지나친 의무감으로 인해, 그렇게 될 수 없는 존재가 되어주기를 요구하는 세상으로 인해 그들의 눈이 가려졌기 때문입니다.

　생의 어떤 국면이든 그 국면을 즐겁고 우아하게, 활기차게 살기 위해서는 그러한 행위가 가치 있는 것이라고 믿는 것이 필요합니다. 또한 행복해지는 법, 더욱 행복해지는 법이 존재하며 우리는 그것을 추구할 수 있다는 것을 믿어야 합니다.

　하지만 그것은 돈으로 살 수 있는 보석을 사냥하는 것이 아닙니다. 그것은 내적인 추구입니다. 나의 가치들, 우리의 가치들, 우리의 믿음, 우리의 진정한 바람을 내적으로 추구하는 것입니다.

　당신은 타인이 요구하는 몸과 성생활, 소비품목들을 원하며 또 그것들을 필요로 합니까? 아니면 내가 얻을 수 있는 것을 음미하고 내가 변화시킬 수 있는 것을 기획하면서 있는 그대로의 자신의 모습에 더 만족합니까?

　그것을 결정하기 위해서는 당신의 일과 속에서의 은둔과 관찰,

자기 관찰을 위한 공간을 열어둬야 할 것입니다. 말하자면 적극적인 침묵이 필요합니다.

하지만 사회적 관습으로부터 도망치기란 그리 쉽지 않습니다. 사회적 관습이란 한편으로는 우리에게 명상과 사색, 정신을 다루는 책과 학원이나 학교에서의 코스를 권하기도 하고, 또 다른 한편으로는 모든 매체를 통해 우리를 혼란스럽게 만들기도 합니다. 예를 들면 거기서 뛰쳐나와야 한다든가, 여행을 하라든가 아니면 어떤 걸 해야만 한다든가, 어떤 코스를 다니라든가 또 한번 들러 보라든가 등등.

우리는 의무적으로 명랑해야 하고 업데이트되어 있어야 합니다. 유행과 관련된 장소에 자주 얼굴을 내밀어 그곳을 잘 알고 있어야 하며, 또 그럴싸한 차림새를 갖춰야 합니다. 여행은 더 말할 나위가 없습니다. 그런데 이 모든 것은 자신의 삶을 위한 새로운 지평을 열기 위함이 아니라 나중에 친구들이나 지인들과의 대화에 낄 수 있기 위함입니다. 그 외에도 그런 목적을 위해 우리는 가장 최신의 레스토랑이라든가 가장 현대적인 화랑, 가장 화려한 가게도 알아두어야 합니다.

아울러 토요일 오후에(만) 사랑을 나누어야 하는 어떤 부부처럼 주말에는 정해진 시간을 통해 행복해야만 합니다.

젊은 시절에 우리 모두는 삶을 배우는 사람들입니다. 아마추어인 것이죠.

성숙기에 들어서는 삶에 있어서 멋진 프로가 되어야 합니다. 즉 명철한 두뇌와 낙관적인 자세를 가져야 합니다. 또한 보다 안정된 모습으로 차별화된 아름다움을 가지는 것이 필요하며 생산적이면서도 경쟁력이 있는 사람이 되어야 합니다.

하지만 사람들은 나에게 생의 어떤 단계가 지나면 더 이상 방향을 바꿀 수도 없고 이사도 갈 수 없으며 옷은 물론이고 자리도 바꿀 수 없다고 하더군요. 게다가 상황이 안 좋을 때에는 별거라든가 사랑에 빠진다든가(아직 내가 자유로운 몸이라면) 아니면 만족할 만한 성생활을 가진다는 것(아직 내가 건강하다면)은 생각도 못할 일이라고 하더군요.

과연 우리가 '어떤 나이'를 넘어가면 선택할 것이 더 이상 없는 걸까요? 시간이 흐른다고 '우리의 시간' 마저 실제로 흘러가버리는 걸까요?

선택은 우리의 것입니다. 우리 각자의 것입니다. 우리는 선택의 여지를 갖고 있지만 불안해합니다. 바꿀 수 있지만 자신이 실제로 할 수 있다고는 믿지 않습니다. 그러한 망설임의 상당 부분은 외부에서, 타인의 훈수에서, 피상적인 목적에서, 멍청한 '모범 사례'들에서 유래됩니다.

"산다는 것과 행복해진다는 것이 복잡한 것은 아닐 텐데."라고 누군가가 투덜댔습니다. 그런데 왜 우리는 복잡하지 않게 할 수 있는 것들을 단순하게 만들지 못하는 걸까요?

성숙해진다는 것은 단순성을 추구하면서 동시에 세련됨을 의미할 것입니다.

나는 내 소설에서 우리의 어두운 면과 갈등, 우리의 삶이 가지고 있는 드라마에 대하여 글을 씁니다. 나는 어둡고 사악하고 자기 파괴적이며, 인간의 마음속에 들어 있는 분노와 통한의 측면을 벗기려고 노력합니다. 하지만 나는 인간이 주로 그러한 존재라고는 믿지 않습니다. 나는 사람을 좋아합니다. 나는 나의 상상력으로 창조한 소설의 등장인물들에게 강한 결속을 느낍니다.

나를 모르면서 내가 쓴 책을 통해 현실과는 동떨어진 그늘 속의 존재라고 판단하는 사람은 잘못 생각하고 있는 것입니다. 나의 마음속에는 행복해지는 것을 믿는 자신감이 충만한 낙관주의자가 존재합니다. 그 낙관주의자는 거듭 태어나는 것, 극복해 나가는 것, 생존하는 것을 믿으며, 그것을 어떤 것의 찌꺼기로서 또는 잔해로서가 아니라 각 단계마다 완전한 존재로 믿고 있습니다.

나는 산다는 것이 무언가를 공들여 창조하는 것이라고 믿습니다.

운명적인 것들이나 질병, 죽음은 피할 수 없습니다. 하지만 안팎이 너무나 광대한 그 이외의 것은 나 자신이 직접 구축해 갑니다. 나는 내 운명의 주인입니다. 자신의 선택들을 뒤돌아보며 그 인생 설계를 개선하기보다는 운명을 탓하는 편이 더 편할지 모릅니다.

"만일 내 어머님이 치매를 앓고 계시고 내 남편이 돈을 조금만 벌어놓은 상태에서 퇴직을 한 뒤 집에서 우울하게 지내고 있다면, 내 자식이 제 갈 길을 아직 찾지 못하고 헤맨다면 내가 어떻게 낙관론자가 될 수 있겠어요? 게다가 손등에 검은 반점이 생기고 목에 주름이 생기고 또 가슴이 축 늘어진다면 내가 어떻게 낙관론자가 될 수 있겠어요?"

하지만 우리는 성공할 것입니다.

반드시 새로운 성생활 테크닉이거나 신문 가십 란의 대상이거나 또는 패션클럽이 선보이는 가장 멋진 해변일 필요가 없습니다. 내가 그것을 배우는 것은 바로 '여기서'입니다. 즉 내 집의 침묵 속에서, 내 몸과 생각의 침묵 속에서 배웁니다. 그리고 내 결정력에서 또 아마도 나의 갑작스러운 일탈 속에서 배웁니다.

만일 내가 청춘이 끝남과 동시에 삶의 대부분도 막을 내린다고 생각한다면 내가 쓸 만한 사람이 될 수 있는 가능성 역시 매년 줄어들 것입니다. 그러한 시각은 나이와는 상관없이 생의 끝까지 배양될 수 있는 재능들을 타성에 젖게 함과 동시에 허비하는 결과를 낳고 말 것입니다.

내가 전 남편과 이별을 하고 다른 사람과 새 인생을 시작했을 때 친구들로부터 가장 많이 들었던 것은 바로 이 말이었습니다.

"이 나이에 우리가 다시 한번 행복을 시도할 수도 있는 거니?"

그 말을 들은 나는 깜짝 놀랐습니다.

"무슨 소리야? 우리가 146세도 아니고 단지 46세밖에 되지 않았는데!"

이 사건이 바로 그 문제에 대한 나의 관심을 더욱 키워줬습니다. 다시 말하면 우리는 현대인이면서도 과거의 생각에서 벗어나지 못하고 있으며, 스스로 자유로우면서도 자신을 제한합니다. 또한 새 천년에 살면서도 시간의 흐름과 시간 속에 내가 지나가는 것을 현명하게 받아들이지 못합니다.

우리의 기반—청춘—이 자리를 잡으면 그때서야 비로소 성장을 하기 시작합니다. 그때부터 긴장을 푸는 법, 보다 유머러스해지는 법, 부정적인 것들을 보다 잘 드리블하는 법, 주위에서 전개되는 것에 보다 많은 관심을 쏟는 법을 배우게 됩니다. 행복은 인내를 요구합니다. 행복은 부분이 아니라 합계고 첨가되는 것이자 쟁취하는 것이며 또 완성해가는 것입니다.

성숙기와 노년기에서의 새로운 관심사에 대한 어느 토론회에서 나는 참가자의 90퍼센트가 여성들이라는 것을 알았습니다.

　그래서 나는 남성 동료이자 의사인 한 사람에게 물었습니다.

　"여기 관람석에 있어야 할 남자들은 다 어디 있는 거죠?"

　그는 농담을 하듯이 거꾸로 질문을 던졌습니다.

　"혹시 홀아비들을 위한 관광이나 남성들을 위한 토론회라는 것을 들어본 적이 있어요?"

　나는 그것에 대하여 한 번도 생각해본 적이 없었습니다. 왜 남성들이 없는 걸까요? 남성들이 여성들보다 먼저 사랑을 시작하므로 홀로 된 남성 수가 적기 때문일까요? 아니면 홀로 남은 남성들이 거의 정절을 지키지 않고 곧장 다른 파트너를 찾아 나서기 때문일까요? 그럴 수도 있겠죠.

　또 홀로 남은 그들 가운데 상당수가 일찍 체념을 하고는 더 많은 시간 동안 침체되어 지내면서 자식들에게 더 많이 의지하기 때문일까요? 그럴 수도 있을 겁니다. 또 조기 퇴직을 하지 않거나 불필요한 퇴직을 하지 않기에 자신의 일로 더 많이 바쁘기 때문일까요? 그럴 수도 있겠습니다.

　하지만 실제로 그들은 변신할 수가 없으며, 한자리 차지하고서 거기에 매달려 있어야 한다는 생각, 과거로 돌아가는 것은 곧 나약함을 뜻한다는 생각 등으로 더 꽉 틀어 막힌 사람들일 것입니다.

그런데 남성에 비하여 여성은 인간관계를 맺고 정을 나누며 그룹으로 모이는 능력을 더 많이 가지고 있습니다. 그들에겐 서로 간에 더 큰 결속력과 동류의식이 있습니다. 아마도 기쁨에 있어서도 더 많은 능력을 가지고 있을 것입니다.

나는 혼자 또는 짝을 지어 여행을 하거나 그룹으로 여행하는 많은 여성들을 봅니다. 그들은 서로 즐기면서 새로운 것과 새로운 장소를 찾아다닙니다. 그렇게 해서 자신의 관심을 키우고 새로운 관계를 맺으며 또다시 학업을 시작합니다. 서로 상호작용을 하면서 발전을 하는 것이죠.

하지만 나는 이 여성들처럼 행동하는 남성들을 본 적이 거의 없습니다. 그들은 둘이서 혹은 그룹을 지어 여행한다고 하지만 나는 잘 모릅니다. 다시 학업을 시작하는 사람은 드문 것으로 압니다. 예를 들어, 왜 70세의 나이에 대학원 과정을 할 수 없는 걸까요? 왜 책 속에 무엇이 쓰여 있는지를 보기 위하여 공공도서관에 첫걸음을 들여놓지 않는 걸까요? 또 무엇 때문에 어떤 영화가 상영되는지 보러 가지 않는 걸까요?

어쨌든 우리는 세월의 흐름에 대한 두려움, 즉 산다는 것에 대한 두려움을 해결할 해답을 찾아야 합니다. 그 두려움이 우리의 행동과 생각을 가로막고 있으니까요. 솔직히 말해서 우리는 소외의 조개껍질 속에 웅크리고 앉아 영혼을 소비하며 살기를 더 선호하는 것 같습니다.

하지만 우리를 매일 무언가를 잃어가고 있다면 어떻게 의지라는 것을 가질 수가 있겠습니까?

무언가를 잃어간다고요?

천만의 말씀! 많은 것을 잃어갑니다.

지금 나는 내가 한때나마 사랑했던 사람들로서 이미 멀어졌거나 저세상으로 가버린 사람들의 명단을 가지고 있습니다. 만일 내가 아흔까지 산다면 그 명단도 늘어날 것입니다. 그 명단에 새로 진입한 사람도 있습니다. 그들은 나의 손자들뿐만 아니라 모든 연령대의 새로운 친구들입니다. 내가 추구하고자 하는 새로운 발견들 속에서, 새로 읽을 책들 속에서, 내가 만들 물건이나 일 속에서 내가 알고자 하거나 이용하고자 하는 혁신적인 기술들에 대해서는 언급을 하지 않아도 될 것입니다. 그것들도 그 명단에 속합니다.

언젠가 내가 의사인 딸에게 내 피부가 너무 건조해진 것이 아니냐고 물었습니다. 왜냐하면 내 피부가 이전과는 달라졌으니까요. 그 아이는 내 피부를 유심히 살펴보더니 묘한 미소를 지었습니다. 그 표정은 다 큰 딸들이 우리같이 나이든 엄마를 다룰 때 흔히 짓는 그런 것이었습니다. 딸은 다정히 말했습니다.

"엄마, 엄마도 이젠 예순이잖아요, 그렇죠? 그래서 그런 거예요."

우리는 엄마와 딸 사이의 전형적인 공감대를 맛보며 함께 웃었습니다.

나는 단 한순간도 내가 20대에 가졌던 피부를 그리워한 적이 없습니다. 왜냐하면 그때의 피부는 그 단계에 맞는 문제점들(물론 매력적인 면도 있었지만)을 가지고 있었고, 다행히도 지금은 그런 것들로부터 해방이 되었기 때문입니다.

나는 책을 읽을 때 쓰는 안경을 낀 채 거울을 찬찬히 바라보았습니다. 사실이었습니다. 많은 것이 변했더군요. 하지만 그렇다고 해서 인생이 끝난 것은 아니었습니다. 나는 과거의 나와 달라졌을 뿐입니다. 육체적으로 나는 어린 시절의 꼬마나 젊은 시절의 아가씨와는 다릅니다.

그렇다면 이제 어떻게 해야 할까요? 달라진 자신에 대해 절망을 해야 할까요, 아니면 창피하게 생각해야 할까요? 그래서 다시 과거로 돌아가길 바라야 할까요? 차라리 나는 그런 나를 즐기면서 내가 변했음을 현실로 받아들일 것입니다. 그리고 그러한 의식을 가지고 앞을 헤쳐 나가길 바랄 것입니다. 또한 나는 그 모든 것에도 불구하고—아니면 그 모든 것 때문에—나를 사랑하는 사람들이 앞으로도 나를 계속 사랑하리라는 것을 알고 싶어할 것입니다.

사람들이 나에게 물었습니다.

"그런데 말입니다. 나이가 들어가면서 무언가가 나아진다는 게 가능할까요?"

나는 즐거운 마음으로 계산을 해보았습니다. 나는 내가 했던 일을 정말로 좋아합니다. 마흔 살에 첫 소설을 써서 출판을 하고 따가운 비판과 더불어 잘 팔리기를 기다리는 것은 황홀했을 뿐만 아니라 놀랍기까지 했습니다. 요즘은 책도 많이 냈고 또 팬도 많기 때문에 그런 것에는 거의 신경을 쓰지 못하고 있습니다. 어쨌든 나는 더 이상 봉사정신을 보여줄 필요가 없게 되었습니다. 그저 좀 더 가볍게(그렇다고 해서 결코 덜 진지해졌다는 것은 아닙니다.), 좀 더 밝게, 자신에게 좀 더 많은 요구를 하면서 평소처럼 계속 일을 할 뿐입니다. 물론 자신에게 좀 더 많은 것을 요구하지만 지나친 긴장 속에서 일을 하지는 않습니다.

나는 동료들에게 결코 공격적인 사람이 아니었습니다. 이미 이른 나이에도 우리가 일하는 분야에는 많은 사람들이 있고, 모든 사람들에게는 각자 그들을 위한 자리가 있다는 것을 배웠기 때문입니다.

다른 작가들의 성공이 나의 조그만 성공에 영향을 미치지는 않을까 걱정하지 않으며 그들의 성공에 기뻐할 수도 있습니다.

마음이 넓어서 그럴까요?

그렇지 않습니다. 내가 아무리 자주 일을 그르치고 또 상상할 수 있는 모든 허접한 실수들을 자주 저지른다고 할지라도 이제 나는

20대의 그러한 조급함이나 불안을 가지고 있지 않습니다. 또한 젊었을 때 세상의 모든 것이 우리 것이라고 생각하는, 그런대로 봐줄 만한 치기조차도 없습니다—젊은 시절의 그 '건방짐'이나 '치기'는 지금의 나에게 감사를 표해야 할 것입니다.

나의 육체는 태어난 이래 쭉 그래왔듯이 지금도 변하고 있습니다. 나의 심장 역시 매 경험마다 변하고 있습니다. 하지만 그 심장은 아직 박동을 하며 가끔 쿵쿵거리기도 하고 또 깜짝 놀라기도 합니다. 아직 나는 아름다운 것과 좋은 것, 나쁜 것, 실망스러운 것에 대하여 10대 때처럼 마음이 약합니다.

우리는 바로 그러한 존재입니다. 그러한 것들이 혼합된 존재이면서 하나의 모순이기도 하며 또 지속적인 의문이기도 합니다. 그렇기에 우리는 죽어 있는 존재가 아닌 살아 있는 존재인 것입니다.

나는 또 성숙이 청춘보다 '더 낫다'거나 나이 듦이 성숙보다 '더 낫다'고 주장하려는 것이 아닙니다. 단지 매 순간이 바로 '나의' 순간이며 그 순간을 현실로 직시한 채 분명한 사리판단을 가지고 약간은 과감하게, 그리고 최대한 즐겁게 내가 할 수 있는 최선의 방식으로 살도록 노력하라고 말하려는 것입니다.

내적으로 나는 아직 바보짓을 저질러 놓고도 스스로 놀라거나 즐거워하는 소녀입니다. 그 바보짓이란 더 중요한 일들이 있다는 식으로 유유자적하는 다른 사람들이 미처 알아채지 못하는 것들입니다. 나는 환상과 실생활 사이에서 내 자신이 정확히 어디에 속하는지 모른 채 양분되어 있었습니다.

세월이 흐른 지금 알게 되었습니다. 그 불분명함이 단지 겉으로만 그런 것일 뿐이며, 그런 애매모호함이 오히려 나를 더 단단히 결속시켰다는 것을…….

나는 내 소설을 통해 많은 것을 얻었습니다. 그리고 자신을 기분 좋은 상태로 유지하는 것이 사랑에도 도움을 줄 수 있다는 것을 알았습니다.

시인들이 말하는 성숙의 시기는 몇 가지 이점을 가지고 있습니다.

직업을 선택하고 거기에 뿌리를 내리는 것이라든가 자식을 낳아 기르며 집을 장만하고 예산을 줄이고 또 막막한 미래를 두려워하는 것, 즉 그 미래에 나를 위한 자리는 있을까 하는 생각을 더 이상 하지 않아도 되는 자유. 그것이 성숙기의 이점 가운데 하나입니다.

문자 그대로 드라마틱했던 많은 것들이 지금은 그토록 힘들게 전개된 것에 대하여 동정을 느끼며 미소 짓게 하는 하나의 추억으로 남아 있습니다.

만일 누군가가 지금의 나를 사랑한다면 그것은 운명적으로 변하게 될 아름다운 육체 때문이 아니라 가식이 없는 현재의 모습 때문일 것입니다. 그 어떤 스무 살의 아리따운 아가씨도 내게는 위협적인 존재가 되지 못합니다. 내 영역은 다르니까요.

지난 세월 속에 나는 잃은 것이 있습니다. 세월이 지남에 따라 그것은 점점 더 늘어났습니다. 물론 얻은 것도 있습니다. 그것은 나로 하여금 부당한 대접을 받았다고 느끼게 하지 않았습니다. 특히 나는 다음 발걸음이 너무나 힘들 것처럼 보일 때에도 계속 앞으로 나아가게 자신을 부추긴 그 집착 같은 믿음을 잃지 않았습니다.

우리가 다시 새로워지는 것, 변화에 대해 마음의 문을 열고 있음은 곧 살아 있음을 의미합니다. 그것은 현재 우리가 생의 어떤 단계에 머물고 있는지와 아무런 상관이 없습니다. 만일 나에게 새로운 사랑이 등장한다면 그것을 위해 다시 태어날 수도 있습니다. 이젠 더 이상 자식을 키울 필요도 없고 무척이나 원했던 것이자 엄청난 기쁨을 준 가정을 이룰 필요도 없습니다.

우리는 많은 의무를 수행합니다. 그리고 또 많은 실수를 합니다. 왜냐하면 그것이 필요하니까요. 또 우리는 고통을 겪습니다. 왜냐하면 그것이 생의 일부니까요.

내 치맛자락에 매달리던 아이들이 이제는 어른이 되었습니다. 그들이 내 가까이 살든 멀리 살든 아직 나의 자식입니다. 엄마와 자식 간의 관계는 풍요로웠지만 변했습니다. 동시대를 살면서 아마도 나는 그들과 시대의 일부를 나눠 가질 수도 있을 것입니다.

"그 나눠 가진다는 것이 어떤 거예요?"

"글쎄요, 어떤 새로운 인생 계획이나 여행, 코스, 우정, 사랑 등이 될 수 있겠지요."

"사랑이라고요? 그 나이에요?"

어머니와 할머니들은 활동적인 분들입니다. 그분들은 나이가 한참 들 때까지도 여행도 하고 사랑도 하면서 공부도 하는, 그래서 생각이 깊고 유능한 '보통사람들'입니다.

그런데도 몇몇 가정의 경우 그녀가 이혼을 했든 미망인이 됐든 새로운 사랑 관계를 가지는 것에 대하여 고민을 합니다. 이것은 어설프게 진보해온 어느 문화권의 비논리적인 사고방식입니다. 그런 문화권은 겉으로는 현대적으로 보이더라도 속은 구태의연하고 어린애 같습니다.

"난 연애를 할 수 없어요. 우리 자식들이 나를 죽일 거예요! 집안 사람들에게 내 애인을 소개하는 건 생각도 할 수 없는 일이에요. 내 자식들이 나를 웃기는 사람으로 볼 거예요."

자신의 삶이 자신의 영토이든 아니면 시큰둥하게 생각하는 다른 사람들로부터 단순히 빌린 영토이든—비록 자식들이라고 할지라도—그것을 어떻게 생각하느냐 하는 것은 각자에게 달린 문제입니다. 또한 자신의 삶이 인생 계획을 열심히 추구하면서 진정한 삶의 결실을 거두는 초원이든 아니면 몸을 숨긴 채 최후의 순간만을 기다리는 비좁은 동굴이든 그것 역시 각자에게 달린 문제입니다.

내 소설에 나오는 등장인물 가운데 한 명이 이렇게 말합니다.

"갉아먹고 잠자는 시간은 복원되어야 합니다."

나는 여기에 다음과 같은 표현을 덧붙이고자 합니다.

"우리를 위하여!"

우리는 스스로에게 세월을 착각시키느라 많은 시간을 허비하고 있습니다. 운명적으로 어쩔 수 없이 성숙기에 접어들지만 그렇다고 마음이 더 평온해진 것을 느낀다든가 더 만족감을 느낀다든가 하지는 않습니다.

"쉰이 된 지금 어떻게 제 자신에 대해 만족을 느낄 수 있겠어요? 예순이 되면 더 그럴 것이고, 일흔이 되면 그야말로 재앙을 느끼는 건 아닐까요?

성숙기에 들어선 우리는 젊었을 때 하지 못한 많은 것들을 할 수 있습니다. 젊은 시절에 우리에겐 마음의 준비와 경험, 자유, 비전이 부족했습니다. 지나치게 바빴고 긴장되어 있었으며 또 마음과 정신이 온갖 일에 분산되어 있었습니다.

지금도 우리는 만일 즉각적으로 '해야 할' 일이 없을 경우에는, 해야 할 일이란 것이 마치 야단법석을 떨며 움직이고 뜀박질해야 하는 그 무엇으로 착각하고는 무슨 일을 꾸며낼 것입니다. 그저 깊이 생각하는 것만으로 족한 것일 수도 있는데 말입니다. 또 생각하고 독서하고 조망하며 산책하는 것만으로도 충분할 텐데 말입니다.

그러는 와중에 자신 앞으로 뭔가 구체적으로 '해야 할' 일이 뛰어나옵니다.

자식들이 다 자라 이제 소용이 없게 된 텅 빈 요람을 은근히 즐기는 대신에, 우리는 그 빈 공간을 해야 할 수 천 가지 일들로 채울 수 있을 것입니다. (비록 그 자식들이 우리와 함께 살지 않는다고 하더라도 그들은 영원히 우리의 자식입니다.) 우리는 가족들의 수많은 요구사항들이 없어진 지금 더욱 더 자유롭게 자신의 활동 영역을 넓힐 수 있으며, 또 그렇게 더 많이 성장할 수 있다는 것을 발견하게 될지도 모릅니다. 과거에 우리들은 멋졌고 명랑했으며 자극제 그 자체였습니다. 또 한편으로는 이해하기 힘든 사람이기도 했습니다. 하지만 지금은 그때의 시간이 아닌 다른 시간입니다.

보다 정확히 말하자면 시간은 전혀 바뀌지 않았습니다. 그것이 큰 차이를 낳습니다.

자신을 다시 생각하고 스스로를 직접 바꾸자는 움직임이 성숙기에 있는 많은 여성들로 하여금 그늘에서 나와 일자리를 갖도록 했습니다. 자녀들이 다 자라고 무료해지면서 아직 자신에게 에너지와 활력이 남아 있음을 보았습니다. 눈앞에 아직 가보지 않은 길들이 있었습니다. 그 길을 열어보려고 밖으로 나갔습니다.

하지만 많은 여성들이 용기를 내지 못했습니다. 그들은 도중에 멈추고 말았습니다. 또 많은 여성들이 방향을 잃고 말았습니다. 어떤 여성들은 차라리 과감하게 포기하는 것이 낫겠다고 생각했습니다. 하지만 상당수의 여성들은 꿋꿋이 밀고 나가 뭔가를 이룩하면서 그 여정에 적극적으로 참가했습니다. 그리고 다시 한번 인생의 꽃을 피웠습니다.

내 경우를 보면 한때 불안한 상태에 있었든 아니면 주변 상황에 적당히 적응을 했든 그저 연대기와 시만을 쓸 수 있을 거라고 공개적으로 천명한 적이 있었습니다. 그래서 어릴 적부터 그토록 매혹시켰던 놀이인 소설쓰기가 가로막혔던 것 같습니다.

바로 내 자신에 대한 믿음이 부족했던 것입니다. 또한 성숙기 혹은 그 이후에나 오는 과감성이 부족했던 것입니다.

그 당시에 나는 우리를 많은 위험으로부터 해방(?)시켜주는 이른바 '내가? 내가 어떻게 감히 그런 일을!' 이라는, 편하고도 편리한 마음가짐을 가졌습니다.

하지만 나는 소설을 쓰다 보면 드라마틱한 인물들을 찾아낼 수 있을 것이라는 직관적인 결론에 도달하였습니다. 자신의 개인적인 경험을 뛰어넘어 주위를 맴돌던 두려움과 의혹들을 불러내어 글로

풀어볼 수 있을 것이라는 확신을 가졌습니다. 왜냐하면 소설에서는 많은 사람들을 통해 말을 할 수 있기 때문입니다. 나는 낯선 창조물들이 자신들이 갇혀 있던 옷장을 활짝 열어젖히고 튀어나올 것을 기대했습니다.

그 다음 그들이 나를 어떻게 할 것인지 생각해보았습니다. 나의 잘 짜인 일상생활에서 어떤 공간을 요구할 것인지도 생각해보았습니다. 그리고 무엇 때문에 그토록 잘 보관되어 있던 혼란한 상황을 밖으로 끄집어내려는 것인가 생각해보았습니다.

그 음산한 '타인의 의견'이 아직도 나를 약간 움츠리게 합니다. 글을 써서 출판을 한다는 것은, 내 마음속에서는 단 한 번도 활동하지 않았지만 으슥한 모퉁이에서 감시하듯이 나를 살피던 그 괴물을 쫓아낼 수 있는 행위 가운데 하나였습니다.

나는 마흔 살에 첫번째 소설을 썼습니다. 그때까지도 직업적인 관점에서 그것이 무엇에 유용한지를 잘 알지 못했습니다.

집에서는 다음과 같은 대화가 반복되었습니다.

"그렇다면 당신이 문학에 좀 더 많이 몰두하는 것이 어떨까요?"

"하지만 내가 어떻게 그럴 수 있을까요?"

"바로 당신이 찾아낼 거예요."

다행히도 나는 그것을 발견했습니다. 고통과 역경을 헤치고 끝내 그 길을 찾아냈습니다. 그 당시 우리 문화권에서 거의 같은 연령대의 많은 여성들이 인간으로서, 직업인으로서 같은 생활과 경험을 가지며 성장하기 시작했다는 것을 알 수 있었습니다.

나는 또 인생의 절반가량이 묻힌 그곳에서 아직 할일이 많다는 것을 알게 되었습니다. 많은 여성들처럼 나도 그때가 멈춰서 생각할 때라든가 폐경기나 미래, 자식들의 출가를 두려워하고 가버린 청춘을 안타깝게 생각할 시간이 아니라는 것을 깨달았습니다. 그때가 바로 나를 다시 추스르고 개발하며, 여유가 된다면 새로운 일들을 시작할 때라는 것을 깨달았습니다.

성숙해진다는 것은 바로 거기가 출발점입니다. 그것은 많은 역경과 기쁨 속에서 찾아낸 발견의 연속물이었습니다.

그때 나를 사랑했던 사람은 스스로를 믿도록 부추겨 주었습니다. 그래서 나는 그에게 항상 고마운 마음을 가지고 있습니다. 나를 구속하고 통제하는 대신에 나를 해방시키고 성장할 수 있도록 도와주었던 그 사랑에 대해서 말입니다.

여러 가지 문제들 중 아마 가장 근본적인 것은 "우리가 스스로에게 무엇을, 얼마만큼 허용하느냐 하는 것"입니다.

일반적인 경향을 보면 사람들이 우리에게 아주 작은 것을 허락하고 있으며 우리 자신도 역시 "이 나이에요? 당신이 처한 그런 상황에서요? 그런데 당신은 정말로 ○○○라고 생각하세요?"라는 풍조에 직면한다는 것입니다.

내 여자 친구 중 한 명이 이혼을 했습니다. 혼자 남게 되자 한 가족 전체가 편하게 거주할 수 있는 크고 멋진 아파트를 구입했습니다.

그런데 이상하게도 많은 사람들이 그녀에게 박수를 보내거나 활력을 불어넣어 주는 대신에 놀라움을 표시했습니다.

"혼자 살면서 뭣 하러 이렇게 그 큰 아파트를 산 거예요?"

마치 이제는 더 이상 그런 공간이 소용없다는 듯 말입니다. 왜 그녀가 혼자 있다고 해서 작은 공간에서 살아야만 하는 건가요? 그것은 자식들이 떠나가고 아마도 남편이 세상을 떠난 여성들에게 하는 말투와도 같습니다.

"미쳤어, 저렇게 큰 집에 혼자 살다니. 쯧쯧……."

이런! 안전과 같은 실질적인 문제가 아니라면 왜 자식들이나 손자들, 친구들을 맞이하고 파티도 열 수 있는 큰 집에 살 수 없다는 건가요? 너무 뻐긴다는 건가요?

내적인 공간은 자신의 지속적인 재창조를 위해 필요합니다. 거주지는 가장 여유가 있고 빛이 잘 드는 곳이어야 합니다. 거기서 우리는 이제까지 해온 우리의 여정을 분석하고 우리의 능력치를 확인하며 그동안 생생하게 살아온 우리의 사랑과 앞으로의 인생계획을 다시 숙고할 수 있을 것입니다.

우리는 소음과 혼잡이 가득한 문화권에서 어떤 일들을 직접 행하거나 추진하도록, 그것에 대하여 깊이 생각하도록 재촉을 받습니다. 우리는 이벤트와 줄거리, 프로그램이 필요합니다. 그렇지 않으면 우리는 마치 권역 밖에 있는 뒤처진 사람으로 느끼게 됩니다.

하지만 우리에게 다시 힘을 북돋아주는 것은 평온을 유지하면서 자신의 내부로 들어가 깊은 사색에 잠기는 것입니다.

그 어떤 것도 침묵과 관찰의 시간이 없이는 새로워지지 않을 뿐더러 혁신되지도 않으며 또 진정으로 확장되거나 이루어지지 않습니다. 그 이후에야 우리는 원할 수 있고 과감히 시도할 수도 있습니다.

모든 것의 서류화를 숭상하는 영혼, 그 영혼의 통속적이고 관료적인 구조는 우리를 구원하지 못합니다. 우리를 구원해주는 것은 본질적인 요소를 찾기 위해 자신의 내부로 들어가 용감하게 그 속을 뒤지는 행위입니다. 우리를 구원해주는 것은 그 요소를 껴안은 채 안전그물도 없고 보장도 없는 상황에서 종종 아래로 뛰어내리는 행위입니다.

삶에서 나타나는 우발적인 갈등과 기적 같은 일을 체험하기 위해 굳이 모든 장소를 찾아다닐 필요는 없습니다. 자신의 거실이나 업무를 보는 책상에 조용히 앉아 있는 것만으로도 우리는 우리의 존재를 가치 있고 충만하게 할 수 있습니다.

글을 잘 쓰는 작가는 손으로 글을 쓰고 새로운 문명의 이기를 증오한다는 전설 같은 얘기가 있습니다. 기자들이 나에게 인터넷과 네트워크, 컴퓨터, 핸드폰, 기술과 과학의 발전상에 대해 어떻게 생각하느냐고 물었던 적이 있습니다.

아무래도 달구지를 타고 가는 것보다는 비행기를 타고 가는 것이 더 낫습니다. 사랑하는 사람에게 2주마다 편지를 쓰는 것보다는 조건이 된다면, 하루에라도 여러 차례 이메일로 편지를 주고받는 것이 낫습니다. 어린아이를 천연두나 유행성 이하선염, 홍역, 간염 등에 노출되도록 놔두는 것보다는 백신을 맞게 하여 그를 보호하는 것이 낫습니다.

그것이 기호와 습관의 문제라고 할지라도, 펜으로 쓰는 것이 그 나름대로 매력이 있을 수 있다고 할지라도, 나는 수년 전부터 손으로 글을 쓰거나 번역하는 것은 상상도 못하고 있습니다. 컴퓨터는 내 일을 쉽게 해주는 아주 친절하고도 효율적인 하인입니다.

만일 우리집 문 앞에, 텔레비전에, 컴퓨터에 무수히 많은 정보들이 제공되고 있다면 그것들로부터 더 고립되기를 선택하는 것은 의미가 없습니다. 창문 하나 없을 내 마음의 어느 구석에 몸을 웅

크리고 있기를 원치 않는 한 말입니다.

물론 외딴 동굴 속에서 마음의 문을 닫은 채 혼자 있기를 좋아하는 사람도 있습니다.

그것 역시 하나의 선택이며 여러분도 그러한 선택을 할 수 있습니다. 하지만 차가워진 당신의 영혼 때문에 주변 분위기마저 차갑게 만들지는 마시길 바랍니다.

요약하자면 첫째, 물길을 거슬러 헤엄치는 것은 최소한 무익한 불편을 일으킵니다. 그것은 과감하게 보일 수도 있지만 바보처럼 보일 수도 있습니다. 둘째, 세상사를 긍정적인 시각으로 바라보는 것이 낫다는 것입니다. 요즘처럼 사람들이 많은 의사소통을 하는 적도 없습니다. 결코 편지를 쓰지 않을 것 같은 친구들도 매일 이메일로 대화를 나눕니다. 쓰라린 고독감에 파묻혀 있을 사람들도 채팅을 통해 새로운 친구를 사귑니다. 헤어진 연인들도 이 새로운 타입의 문명의 이기를 즐길 수 있을 것입니다. 우주는 우리의 명령을 기다리고 있습니다. 우리가 아직 들어보지 못한 유전학과 관련된 최신의 발견들, 많은 책들이 그것을 말해주고 있습니다. 나는 인터넷을 통하여 큰 박물관들을 방문할 수도 있으며, 그곳의 각 작품에 대한 책을 읽은 뒤 내 시각으로 각각의 세부 내용을 접근하고 분석할 수도 있습니다. 또한 먼 곳의 도시들을 알아볼 수도 있으며 음악과 장기를 즐길 수도 있습니다. 선택은 그야말로 무궁무진합니다. 문화의 쓰레기와 고귀한 것들이 나를 위하여 그곳에 있는 것입니다.

"선생님은 인터넷상에서 연애를 하거나 혹은 섹스까지 하는 것에 대해 어떻게 생각하십니까?"

우리가 얼마나 어린애 같은지 모릅니다. 마찬가집니다. 우리의 질문 가운데 몇 가지도 그와 같습니다. 바로 그렇기에 정이 가는지도 모르죠.

나는 과거의 젊은이들이나 현재의 젊은이들이 성인 잡지에서 뭔가를 몰래 훔쳐보거나 그러는 것 이상으로 독창적인 것은 없다고 대답합니다.

우리들은 특히 현혹될 것이 너무나 많을 때 그러한 편견과 내용, 부끄러운 일들과 검열 등에 대하여 지나친 관심을 둡니다. 기술이 좋지도 않고 나쁘지도 않은 이 세상에서 그 기술들은 우리가 그것을 어떻게 사용하느냐에 따라 달라집니다.

여러 사람들과 어울려 살기를 좋아하는 사람은 여타 사람들을 접촉하고 조사하고 또 전 우주를 향해 마음의 문을 여는 데 컴퓨터를 사용할 것입니다. 우울증에 빠진 사람은 더 고립되어 살기를 원할 것입니다. 정신병자는 자신의 크고 작은 마니아적 습관을 지속해 나갈 것입니다.

결국 수많은 우여곡절 끝에 최소한 연대기적인 관점에서도, 우리는 성숙한 단계에 들어선 것 같습니다. 마치 편안한 어떤 단계에 말이죠.

우리는 고통을 이겨내며 주어진 과업을 수행하였고, 또 청춘시절에는 생각조차 할 수 없었던 것들을 실현해냈습니다.

이제 등을 비스듬히 기대어 자유로운 인생설계를 하는 것이 남아 있습니다. 그 인생 설계에는 여행, 새로운 교육 코스, 읽을 책들, 잊을 고통들, 만날 친구들이 포함될 것입니다. 그리고 내가 돌보는 나무에 관심을 갖고 정성껏 손질하는 것도 포함될 것입니다. 나아가 창문을 열고 짜릿한 기분을 느끼는 것도 그 하나가 될 것입니다. 눈부신 아침햇살이 비치는 그때, 아주 오래전에 걸었던 길들을 다시 걸어보는 시간을 가질 것이기 때문입니다. 나뭇잎 하나하나, 언덕 구석구석도 우리가 잘 알고 있는 것들이고 또 그것은 참으로 좋은 일입니다.

하지만 교활한 아기유령 같은 오래된 불안감이 당신을 흘깃 흘겨보며 냉소를 지을 수도 있습니다.

"흥! 그래서? 이제는 어떻게 할 건데?"

"단지 평온함, 그것뿐인가?"

그렇게 되면 우리는 지금부터 추억이 둥지를 틀고, 내적인 평온으로 모든 것이 귀결되는 것은 아닐까라고 생각하며 일말의 불안감을 가집니다.

산다는 것은 결코 완결되지 않는 과제입니다. 우리가 완결되었다고 결정하지 않는 한 그렇습니다. 모든 것이 평화롭게 안정되었을 때 꿈과 놀라움이 우리의 귀에 대고 소곤거립니다. 그러면 곧 어떤 지점에 마침내 도달하였다는 확신이 흔들리기 시작합니다. 그 지점이란 변경될 수 없는 곳이자 편안하게 머무를 수 있는 곳입니다.

무언가 새로운 것이 우리가 순진하게 TV를 시청하고 있을 안락의자 옆에 자리를 잡고 다가올 것입니다. 그럴 때면 귀에 들리는 말 한마디, 읽은 문장 하나, 새로운 얼굴, 오래전부터 알고 있던 나이든 사람 등 거의 아무것도 아닌 무언가가 우리를 툭 건드립니다. 그러면 우리는 아무 생각 없이 편하게 지내던 순간을 멈추고 무슨 일인가 확인할 겸 집 밖으로 고개를 내밉니다.

이 경우에 우리는 다음을 선택할 수 있습니다.

계속 잠이나 잘 것인지 아니면 무슨 일인지 알아보려고 다음 모퉁이까지 가보는 것입니다.

그 순간은 움직이는 존재이든 돌처럼 굳어버린 존재이든, 아니면 잘 다듬어진 세련된 존재이든 조화가 깨진 존재이든, 그 존재의 계속성을 확정지을 것입니다.

무언가를 선택한다는 것은 사람을 놀라게도 하지만 당신이 움직이고 있으며 변화 중이라는 것을 나타내는 신호이기도 합니다.

우리의 타고난 기질이라든가 외부적인 영향, 살아온 경험들은 당신이 앞으로 살아갈 세월이 어떠하리라는 것을 결정지을 것입니다. 그것은 어떤 순간에든 일어날 수 있는 일이라는 것에 주의해야 합니다.

"무슨 일이라도 있어?"라고 친구들이 묻습니다.

"너, 아주 좋아 보이는구나!"라고 동료들이 말합니다.

"난 엄마가 화장실에서 흥얼거리는 소리를 들었는데!"라고 자식들이 말합니다.

조금씩 새로운 바람이 자신의 형체를 드러낼 것입니다. 그 새로운 바람이란 인생 계획일 수도 있고, 일일 수도 있으며, 또 여행이나 새로운 친구 혹은 연인일 수도 있습니다. 그 새로운 바람의 목소리는 맑고 분명합니다. 그리고 당신을 부릅니다.

아마도 당신은 그것이 무엇인지조차 모를 수도 있습니다. 하지만 좋고도 나쁜 함정을 마련하고 있는 운명이 당신의 새로운 연인과 함께 미소 지으며 손짓합니다. 당신이 살아 있는 한 그 함정에는 운명적으로 빠지게 되어 있습니다.

그 새로운 연인은 다름 아닌 새로운 삶입니다.

미래가 다시 한 번 당신의 손 위에 놓입니다.

이메일을 가지고 있지 않은 한 남자 친구에게 보내는 편지:

당신은 이 긴 편지를 보고는 내가 정신이 좀 이상하거나 남의 일에 참견하기를 좋아하는 사람으로 생각할 거예요. 당신에게 첨부파일로 즉시 보내는 대신에, 배달부를 통해 보내야 할 것 같군요. 이 편지를 전달하는 것이, 서로 멀리 떨어진 두 개의 성 사이를 말타고 달리는 배달부가 아니라서 다행이지만 말입니다. ……그러니까 당신은 아직 현대문명의 모든 이기를 증오하면서 컴퓨터마저 장만하는 것을 거부하고 있으니까 하는 수 없죠. 게다가 당신은 자신의 시대가 끝났다고 생각하고 있으니까요.

오늘 새벽에 나는 인적이 드문 어떤 땅 위, 황량하게 큰 저택에서 홀로 서 있는 당신을 꿈꾸었습니다. 장면이 바뀌더니 이번에는 그 집이 나무와 꽃들로 둘러싸여 있었으며 그곳에서 당신은 집 개조를 진두지휘하고 있더군요. 망치소리가 여기저기서 들리고 맛있는 음식을 준비하는 사람들, 파티를 위해 모여드는 친구들이 북적

대고 있었어요. 언젠가 당신은 절대로 자신의 집을 뜯어 고치지 않을 것이라고 했었죠. 그러면서 모든 것이 30년 전처럼 그대로 있어야 한다고 했어요. 집뿐만 아니라 사람도 개조하는 것을 그 어디에서도 본 적이 없었던가 봐요.

나는 그 꿈이 너무나 상징적이어서 당신에게 말해주기로 결심했어요.

당신은 착하고 학식도 있고 세련된 사람이지만 우울하고 체념에 빠져 있어요. 하지만 기분이 침체되어 있는 상황에서도 언뜻 기분이 좋아 보일 때면 조만간 그런 상황에서 벗어날 거라는 걸 보는 듯하지요. 당신이 원한다면 말입니다.

주제넘지만 당신에게 몇 가지 제 생각을 말해야 될 것 같군요. 그것들을 잘 생각해보길 바랍니다. 제 얘기는 멍청한 소녀에게서 나오는 것이 아니라 이미 그늘진 세월을 거쳐 돌아온 한 여성에게서 나온 것이랍니다.

우선 자신에 대하여 연민을 갖지 마세요. 당신은 그 어느 것의 희생자도 아닙니다. 당신은 '버스를 놓치고는' 충격을 받았다고 말했었죠. 그 이유란 "내가 버스를 탈 준비가 되어 있지 않았고 또 교통신호에 신경을 쓰고 있지 않았기" 때문이라고 말했어요. 그렇다면 이제 그 은둔에서 벗어나 정면으로 부딪치며 몰두해봐요. 필요하다면 목숨을 걸고 뛰어들어보세요. 그것이 마지막 기회일 수 있으니까…….

변하기란 쉬운 일이 아니죠. 게다가 과감히 시도한다는 것은 더욱 더 그렇고요. 제가 잘 압니다. 저에게도 잠에서 깨어나면서 이런 생각을 하던 때가 있었습니다.

'지금 내가 처한 상황에서도 아직 20년, 30년을 더 살 수 있겠지. 내가 정말 지금과 같이 계속 살기를 바라고 있는 걸까?' 마음속으로 어떤 새로운 자세를 취하는가 하는 문제는 누구보다도 자신에게 달려 있었어요. 그 나머지는 덧붙여져 올 것이고……. 제가 항상 성공한 것은 아니었어요. 또한 항상 정확하게 맞춘 것도 아니었고요.

하지만 모래 함정에 빠져 있는 것보다는 움직이는 것이 더 나아요. 그 함정은 머무르면 머무를수록 점점 더 우리를 집어삼키려 들지요.

우리가 뭔가를 새롭게 바꾸기 위하여 실질적으로 할 수 있는 일들은 대개가 단순한 것들입니다. 그것들은 돈과 취미처럼 구체적인 가능성들과 연결되어 있는 마음의 자세에 달려 있어요. 가정주부의 경우라면 가구들을 정리하면서 쓸모없는 것들을 버리거나 아니면 가구들의 위치를 자신의 취향에 맞게 옮겨놓는 것도 하나의 시작일 수가 있어요. 집안의 다른 사람들이 그녀의 그런 행위에 불평을 늘어놓더라도 말예요. 물론 당신이 보기에는 쓸데없는 짓처럼 보일 수도 있겠지만, 당신에게 이렇게 말해주고 싶어요.

"컴퓨터를 한 대 장만한 뒤에 인터넷에 들어가 이것저것 조사도 해보고 새로운 것을 찾아보세요."

그렇게 즐기기도 하고 또 관심 있는 정보를 얻기도 해보라고 말입니다. 그리고 계속해서 그것에 관심을 가져보세요.

그러니까 긍정적인 무언가를 선택해보라는 말이에요. 무엇 때문에 그렇게 상을 찡그리고 슬픈 얼굴을 한 채 외톨이로 있어야 하나요?

인터넷 속에는 한번 음미해볼 만한 아주 멋진 것들이 많아요. 새로운 것이기에 나쁘지 않은 신선한 것들이 많아요. 진보의 결실이라고나 할까……. 그것들은 우리 인간의 기술이 낳은 경이로운 것들이고 또 아주 흥미로운 도구랍니다. 그래서 우리로 하여금 보다 완전하고 참여적이 되도록 동기를 부여하죠.

당신이 '유행'이기에 염증을 느낀다고 한 장소들을 한번 둘러보세요. 그렇다고 해서 젊은이들이 북적대는 디스코 홀에 가라고 하는 것은 아니에요. 대신에 음식이 뛰어나고 선남선녀들이 모이는 새롭고 사랑스러운 그런 장소에 한번 가보세요. 자신이 만들어 놓은 틀 속에 갇히는 건 아무런 도움이 되지 못합니다. 당신 자신에게는 더욱 더 그렇지요.

'에어컨이 건강에 좋지 않다.'고 생각하는 이유만으로 더위를 참아가며 자신을 학대하진 마세요. 당신 주장대로라면 더위가 지속적으로 계속되는 유럽과 미국의 경우 인구의 절반이 벌써 죽었을 테니까요.

나는 당신 분야의 전문가들을 알고 있어요. 그들은 정말 나이가 든 노인들인데 아직 활동하는 사람도 있고 또 그저 단순한 만족을 위해 서로 정보를 교환하며 스스로를 업데이트하는 사람들도 있지요. 그들과 접촉을 하면 어떤 실마리를 찾을 수 있을지 누가 알겠어요? 직업이 '우리를 바보로 만든다.'는 말은 진실이 아니에요. 오히려 스스로에게 신경을 쓰지 않고 멍하니 살아가는 것이 문제죠. 이따금 그런 문제도 해결될 수 있는 것이랍니다.

한 번쯤 멋진 여행을 계획해보세요. 아직 당신의 마음속에 최소한 그렇게 할 만한 여유가 있다면, 당신이 가지고 있는 시간과 돈을 한번 써보세요.

인생이란 다 차려진 밥상과 같아요. 그 밥상에는 치명적인 독도 있고 또 기쁨을 주는 맛있는 음식도 있지요. 독을 선택하는 사람도 있는 반면에 맛있는 음식을 선택하는 사람도 있어요. 나는 당신이 기쁨이란 불가능하다거나 나쁜 것이라고 생각하지 않기를 바랍니다.

우선 긍정적인 것을 선택해보세요. 약간이라도 행복하려고 노력해보세요. 그리고 자신에게 주어진 환경 내에서 무언가에 열중해보세요. 어쨌든 당신이 지금 가지고 있는 염세주의에서 벗어나서 말이예요.

  만약에 그 어떤 것도 가능하지 않다 하더라도, 그것이 당신 방식이고 또 당신이 선택한 것이기 때문이더라도 최소한 이 편지로 인해 나를 미워하지 말기를 바랍니다. 이 편지는 그저 단순히 안부를 묻고자 하는 것일 뿐더러 모르긴 해도 내가 말하는 기술 부족을 증명하는 것, 그 이상이 아니니까요.

나이 드는 것의 미덕

할머니에게서 아름다움이란 하나의 고통이었습니다. 왜냐하면 세월이 멈추질 않았기 때문입니다. 처녀 시절부터 그분의 가장 큰 공포는 그 숭고한 아름다움을 잃어버리는 것이었습니다. 할머니는 거울에 자신의 모습을 비춰보며 첫번째 주름이 생긴 건 아닌지 또는 첫번째 검은 반점이 생긴 건 아닌지 노심초사했습니다.

그러다가 환갑이 다가오자 자신의 변한 모습을 보고는 거의 죽음에 임박한 듯 고통스러워했습니다. 그래서 집안에서 소리를 지르며 돌아다녔습니다.

—예순 살이 되는 게 정말 싫어! 예순 살이 되다니 도저히 못 참겠어!

주위 사람들이 피부가 너무나 고와서 40대도 안 되어 보인다고 말했지만 아무 소용이 없었습니다. 할머니의 그런 모습에 사람들은 이렇게 반박했습니다.

─젊음을 잃는 대신에 성숙함을 얻고 있다고 생각해보세요. 그리고 언젠가는 그 성숙함도 잃어버리고 그 대신에 나이 듦을 얻을 거라고 말이예요. 그렇게 생각하는 것이 훨씬 더 자연스럽지 않아요?

하지만 할머니는 그 말을 받아들이지 않았습니다. 그녀에게 자연스러움은 이치에 맞지 않는 것이었습니다.

─난 내가 늙어가고 있다는 생각을 하는 것 자체가 증오스러워. 절대 받아들일 수 없어, 됐니?

첫번째 몇 차례의 수술을 통해 그녀가 나아지는 것 같았습니다. 수술을 통해 그녀에게 고통을 주던 부분, 그녀에게 너무 일찍 피부의 노화를 가져온 것 같은 부위를 제거했으니까요. 수술 뒤 의사가 그녀에게 말했습니다.

─자연스런 변화가 조금은 일어나도록, 당신의 몸이 조금 쉬도록 놔둡시다. 수술이라는 것을 무리하게 남용하진 마세요.

그러자 할머니는 다른 의사를 찾아갔습니다. 그 의사는 그녀의 바람대로 해 주었습니다. 도전하지 말아야 할 것에 도전을 하면서, 자신의 한계를 넘어서면서 그녀는 비현실의 세계로 들어갔습니다.

하지만 환상들이 더 이상 시간을 붙잡아주지 못했습니다. 수술 부위가 다시 원상태로 돌아오기 시작했으니까요. 할머니는 점점 더 스스로를 고립시켜갔습니다. 친구들과도 멀어졌고 파티도 그만두었으며 더 이상 어느 누구도 좋아하지 않게 되었습니다. 게다가 길거리에서나 상점에서나 식당에서도 사람들이 "저기 그 할머니시네."라며 자신을 손가락질한다고 불만을 터뜨리는 등 정신적으로 문제를 나타내기 시작했습니다.

갈수록 그녀와 함께 살기가 힘들어졌습니다. 그녀는 어느 누구도 자신에게 줄 수 없는 것을 요구하고 있었던 것입니다. 즉 세월을 멈추게 하라는 것이었습니다. 그렇게 할머니는 내적으로도 잠식되어 갔습니다.

할머니의 얼굴은 너무나 자주 뜯어고친 탓에 전혀 딴 사람이 되어 갔습니다. 눈도 바뀌었고 코도 바뀌었으며 턱도 바뀌었고 심지어는 귀까지 바뀌었습니다. 결국 그녀에게 남은 건 어느 하나도 그녀 자신의 것이 아니었습니다.

— 《사각지대》, 1999

시간을 멈추게 하고 그렇게 된 캡슐 속에 숨기를 바란다면 우리는 정준이 끝나기 전에 이미 제거된 존재가 될 것입니다. 또 그럴 경우 우리는 자신이 쓴 허구의 소설, 그 자체가 되고 말 것입니다.

몇몇 사람에게는 그것이 오히려 자신을 구원해주는 위기가 될 것입니다. 왜냐하면 자신의 환상을 만들어내는 행위가 끝났기 때문입니다.

만일 당신이 자신의 환상 속에서 무위도식하지 않고 진정으로 인생을 살아가고자 한다면 당신은 그러한 혼란 속에서도 자신의 인격 속에 남아 있는 무언가를 먼저 찾아내야 할 것입니다. 그 인격이 바로 당신에게 논리적인 사고와 행동의 기초를 제공할 것이며 당신이 성장하도록 도와줄 것이기 때문입니다.

그럼으로써 당신은 시간에 대한 통제력이 아니라 그 시간이 우리에게 얼마만큼 호의를 베풀 것인가, 아니면 얼마만큼 재단해버릴 것인가에 대한 통제력을 가질 수 있게 될 것입니다.

성숙과 나이 듦이 쇠퇴가 아니라 변화라는 것을 이해하기 위해서는 스스로가 그것에 대하여 준비되어 있어야 합니다. 당신이라는 한 존재를 여러 단계를 지닌 하나의 전체로서, 아름다움과 행복의 여러 형태를 지닌 하나의 전체로서 맞이할 마음의 준비가 되어 있어야 한다는 말입니다. 또한 신중하게 행동하고 게다가 행운까지 따른다면 수십 년 뒤에도 적극적으로 삶을 살아가는 사람이 될 수 있다는 것을 믿어야 합니다. 물론 그것은 한 뼘 한 뼘씩 얻어야 할 것입니다.

하지만 우리는 어린 시절에 이미 여러 사람들에 의해 앞으로 곧 무언가 나쁜 것이 우리를 기다리고 있다는 주의를 받곤 했습니다.

어머니, 이모, 할머니들이 한결같이 "내 나이가 되면 너도 알게 될 거야."라고 말하곤 하던 것이 바로 그것입니다. 또한 무시하는 투로 그들은 "지금 어릴 때나 마음껏 즐기거라. 크면 그런 파티는 없을 거니까!"라고 말합니다. 그리고 즐기거나 기뻐해야 할 시간에 "그런 걸 하기에는 내가 너무 늙었어."라고 불평을 늘어놓습니다.

따라서 시간 속에 존재한다는 것이 우리에게는 불행한 달리기처럼 보였던 것입니다. 다시 말하면 매일 무언가 하나씩 잃게 되고 매년 뒤처진다는 생각입니다. 살면서 그런 막연한 위협들에 부딪히지 않기 위해 어른이 되지 말았으면 하는 생각을 해보지 않은 사람은 아마 거의 없을 것입니다.

비록 서로 모순적이기는 해도—바로 그렇기에 흥미로운 것이지만—수명이 길어진 시대에 살면서 이른바 나이 듦이라는 것으로부터 그토록 도망치려 하는 것은 결코 이상한 것이 아닙니다. 하지만 삶의 마지막 십 수 년이 단순한 쇠퇴라고만 상상하기 때문에 우리는 그 말을 도금할 '어떤 것'을 강화시키고 있는 것입니다.

말이란 감정과 생각을 의미합니다. 즉, 편견을 뜻하는 것입니다.

그렇기 때문에 나는 '늙음', '나이 듦'이라는 단어들—그리고 현실—에 내해 우리가 가지고 있는 느낌, 내가 가지고 있는 느낌에 대해 말하고자 합니다.

우리는 나이 듦이 가지고 있는 무능력과 고립이라는 이미지 때문에 그것을 싫어하거나 두려워합니다. 그렇기에 우리는 나이 듦을 하나의 질병처럼 피해야 할 그 무엇으로 생각합니다.

우리는 시간이라는 것을 젊음, 성숙 또는 나이 듦으로 나누어진 서류함 속의 파일로 인식하는 것이 아니라 그 파일들 가운데 젊음이라는 하나의 파일에만 머무는 존재로 생각합니다.

그것은 큰 우를 범하는 것입니다. 마치 그 젊음만이 삶의 기쁨과 성취에 대하여 권리를 가지고 있는 것처럼 말입니다. 내가 이렇게 말씀드리는 이유는 아흔 살까지 건강과 인생 설계, 따뜻한 마음을 가질 수 있다는 것이 그저 막연한 환상이 아니라 각각의 시기가 지니고 있는 한계 내에서 얼마든지 실현가능한 현실이기 때문입니다.

우리가 더 이상 사업을 할 수 없거나, 먼 나라를 여행할 수 없거나 또는 산책할 기력이 없을 경우라 해도 아직은 책을 읽고 음악을 들으며 자연을 감상할 수 있을 것입니다. 또한 정을 주고받으며 사람들을 모아 얘기도 나눌 수 있을 것이며, 우리를 둘러싸고 있는 사람들을 관찰하면서 그들에게 가끔은 보호막이 되어주기도 하고 더러는 도움도 줄 수 있을 것입니다.

그렇게 되기 위하여 굳이 젊거나, 탄력 있는 몸매에 비단 같은 피부를 가진 아름다운 사람이 될 필요는 없습니다. 또한 행동도 민첩할 필요가 없으며 그저 분명한 의식을 가지고 있으면 됩니다. 세월의 흐름과 더불어 완숙해질 수 있는 어떤 상대적인 지혜와 함께 건전하고 사리분별이 확실한 낙천성만 갖고 있다면 충분합니다.

하지만 우리들 사이에서 나이 듦이란 법원의 선고와 같기에, 자신의 신체 일부를 떼어내거나 숨기기까지 하는 등 상당한 희생을 감수하고서라도 피해야 하는 그 무엇이라는 생각이 지배적입니다. 우리는 우리를 특징짓는 30~40대의 정신으로 우리에게 비호의적인 가정의 틀을 깊은 토론 없이 그대로 수용하고 있습니다. 그것은 핑계거리로 급하게 내미는 행위에서도 그대로 나타납니다.

"그래, 당신이나 나나 80대의 늙은이들이지만 정신적으로는 젊은이인걸 뭐."

왜 정신적으로 젊다는 것이 성숙한 정신을 가지거나 나이 든 정신을 가지는 것보다 낫다는 걸까요?

젊은 시절에는 정신적인 불안과 혼란으로 머리를 쥐어뜯을 것만 같은 고통스러운 일들을, 나이 들어서 똑같이 직면할 때는 보다 깊은 지혜와 보다 고요한 평온함 그리고 보다 멋진 우아함을 유지하면서 해결할 수도 있습니다. 나의 경우 내가 나이 들었음에도 불구하고 누군가가 젊은 정신을 가지고 있다고 칭찬한다면 나는 무척이나 싫을 것입니다.

나는 성숙한 사람의 정신이 젊은 사람의 정신보다 훨씬 더 흥미롭다고 생각합니다. 그 이유는 성숙한 사람의 정신은 보다 평온하고 신비로우며 보다 매력적이기 때문입니다.

그것은 어느 비평가가 나를 기쁘게 하려는 듯 내가 여자임에도 불구하고 '남성적인 필체'로 썼다는 편지를 보내왔을 때 마음에 들지 않았던 것과 같은 이치입니다. 여자가 쓴 문학작품이라고 해서 그런 평가에 매달릴 필요가 없습니다만 "그 여류작가의 경우 한 인간으로서 작품을 쓴다."고 했다면 훨씬 나았을 것입니다.

어느 날 나는 고동치듯 힘찬 붉은 색으로 그림을 그리는 한 여류화가를 방문한 적이 있었습니다. 그 당시 그녀는 거의 아흔 살을 바라보고 있었습니다. 그녀의 그림을 본 내가 "당신의 그림들은 삶을 찬미하고 있군요."라고 말하자 그녀는 눈을 반짝이며 내 귀에다가 이렇게 속삭였습니다.

"나는 나 자신을 위해, 즐기기 위해 그림을 그리죠."

얼굴은 주름투성이고 몸도 이미 굽었지만 그녀는 삶의 기쁨을 마음껏 발산하고 있었습니다. 그녀의 모습은 나에게 형용할 수 없는 질투심을 불러일으켰습니다. 일순간 나는 그녀와 똑같은 단계, 즉 지금까지도 내가 쟁취하기 위해 싸우면서 고통 받는 많은 것들이 어떤 조용한 찬미를 의미하는 단계에 도달한다면 얼마나 좋을까 하는 욕망을 느꼈습니다.

60대의 여성 한 분이 내 팔을 잡더니 구석으로 데려가서 나지막이 이렇게 말했습니다.

"왜 사람들은 우리 또래의 여성은 끝났다고 떠드는 거죠?"

그녀의 눈에는 눈물이 고여 있었습니다.

나는 이렇게 대답했습니다.

"모르겠어요. 하지만 당신도 나도 끝나지 않았어요. 확신을 해도 좋아요. 내 몸이 변했지만 나는 아직 똑같거든요."

나와 대화를 나눈 그 미모의 여성은 자식들이 모두 출가했고 또 좋은 친구들을 가지고 있었습니다. 하지만 그녀는 자긍심에 커다란 함정과 같은 구덩이를 가지고 있었습니다. 왜냐하면 멍청한 사회가 그녀 스스로를 완연히 실현된 여성으로 느끼게 하는 권리마저 주지 않았기 때문입니다. 또한 그녀의 적극적이고 유능한 영혼에게는 이제 40대에도 못 미치는 가치를 지녔다는 생각을 주입하고 있었기 때문입니다.

우리는 종종 이런 말을 듣습니다.

"현재의 머리에 30대 몸매를 유지할 수 있다면 내가 가지고 있는 것은 뭐든지 다 줄 거예요!"

한 여류 시인은, 예술가들뿐만 아니라 심플한 성격의 사람들도 지닐 법한 시각으로 다음과 같은 글을 썼습니다.

"나는 이 큰 고양이 같은 내 몸을 잘 가꾸고 있습니다. 지금까지 이 몸은 나에게 많은 봉사를 했습니다. 나는 날이 가면 갈수록 몸이 변해가는 모습 그 자체를 점점 더 좋아하고 있습니다."

돌보고 가꾸어야 할 필요가 있고, 사랑이 필요하며, 제대로 작동하기 위하여 보다 많이 단련되어야 할 자신의 나이 든 육체, 항상 과거와 같지 않기에 인내심을 필요로 하는 그 나이 든 육체를 좋아한다는 것은 존재가 가르쳐줄 수 있는 행복의 한 형태인 것입니다.

청춘, 성숙, 나이 듦에 대한 개념과 그것을 설정하는 기간이 변한 것은 불과 몇 십 년밖에 되지 않았습니다. 우리는 더 오래 살게 되었습니다. 그렇다고 해서 과거보다 더 잘 살게 되었다는 것은 아닙니다. 그것은 우리 시대의 가장 놀라운 낭비 가운데 하나로 보입니다.

지금의 나보다 훨씬 더 나이가 적었던 나의 할머니는 그 당시 나에게 노인으로 보였습니다. 그녀도 스스로 그렇게 느꼈음에 틀림없습니다. 그녀의 동작은 느렸고 류머티즘에 걸려 있었으며 하얗게 센 머리카락에 어두침침한 옷을 입었습니다. 코끝에 안경을 걸친 채 당과류의 과자를 만들거나 아니면 뜨개질을 하곤 했습니다.

그런데 그분은 항상 손에 책을 들고 있었습니다. 그 당시 우리 집안사람들은 책을 많이 읽었습니다. 그렇다 하더라도 그들은 어린 우리에게 나이든 할머니였습니다. 그분들이 과거에 소녀였다든가 젊은 여성이었다는 것을 상상할 수 없었습니다.

'그래도 할머니는 최소한 내 아빠와 고모를 가지기 위해 몇 번은 성관계를 했겠지.'

우리는 이렇게 외설적인 생각도 하곤 했습니다. 또한 어머니와 아버지도 결혼했을 그 아득한 시절에 사랑이 충만한 생활을 영위했을 거라는 사실이 왠지 낯설게 느껴졌습니다.

오늘날 할머니들은 자기 차로 여행도 하고 친구들과 외식도 하며 연애도 하고 컴퓨터도 사용하는 등 과거의 할머니들보다 훨씬 더 행복해 보입니다.

하지만 우리라는 존재가 본래 그러하듯이 애매모호한 우리는, 그 어느 때보다도 나이 듦을 거부하고 있습니다.

나는 어깨에 숄을 걸친 채 얼굴에는 주름이 가득하고 쓸쓸해 보이는 한 노파가 집안의 복도를 거닐던 어떤 TV 광고를 기억합니다. 그 노파는 방문을 열고는 텅 빈 방을 바라봅니다. 그녀는 그 방을 보면서 자식들과 남편의 목소리가 울려 퍼지던 시절을 추억하고 있었습니다. 그것은—젊음을 잃어버렸기에—모든 것을 잃어버린 가엾은 외톨이 노파의 이미지였습니다.

나는 그 음산한 노년시절의 모습 대신에 왜 아들 방을 TV시청실이나 그림을 그리거나 토기를 만드는 아틀리에로 바꿀 수 없는지 이해하지 못합니다. 또한 그 방들을 왜 주말에 여자 친구를 초

대하여 숙소로 쓰게 한다든가 손자들을 위한 방으로 변화시킬 수는 없는 건지 이유를 모르겠습니다.

빈 방이 더 이상 직접적인 유용성을 가지고 있지 않음에도 불구하고 무슨 이유로 그 방을 마음대로 바꿀 권한이 없는 것인지 알지 못합니다. 자신의 집이 몇 년 전처럼 북적대지 않는다고 할지라도 무엇 때문에 더 작은 공간으로 이사를 해야만 하는지도 이해하지 못합니다. 최소한 자신이 진정으로 원하지 않을 뿐더러 그렇게 하는 것이 실용적이고 합리적이라고 생각하지 않는 한 말입니다. 즉, 내게 필요 없다고 생각한다든가 아니면 난 그럴 자격도 없고 그래 봤자 더 이상 아무 소용이 없을 거라고 생각하기 때문이어서는 안 될 것입니다.

우리는 생의 어떤 단계에서든 그 단계가 내포하고 있는 완벽함 속에서 완벽한 인간입니다. 마치 젊은 시절에 우리 자신을 믿거나 미래에 대한 우리의 선택을 믿기가 어려웠듯이 나이가 들어 그것을 믿기란 무척이나 어려울 것입니다.

우리는 관심거리를 찾고 다른 것들을 재고하면서 기쁨과 희열을 누릴 권리와 의무를 가지고 있습니다. 그것이 무엇이든 상관없습니다.

나는 나이 든 지금 침대에서 열정적으로 사랑할 수 있는 체력을 가지고 있지 않을 수 있고 또 성생활에 대해 매력조차 느끼지 않을 수도 있습니다. 하지만 나는 친구들에게 기쁨을 나눠줄 수도 있고, 가족들에게는 따뜻한 마음을 전할 수도 있습니다. 또한 산책을 하는 기쁨, 정원을 돌보는 기쁨, 책을 읽는 기쁨, 예술 작품을 감상하는 기쁨을 누릴 수도 있습니다.

하지만 성공과 행복이 돈, 외모, 섹스로 요약되는 사회의 경우 성숙한 나이거나 늙게 되면 일회용처럼 버림당할 것입니다. 그렇게 되면 하루하루가 환멸의 날입니다. 우리는 사는 것 대신에 소모될 것입니다. 무언가를 쟁취하는 대신에 문자 그대로 자신의 환영에 의해 통째로 잡아먹힐 것입니다—우리가 그렇게 되는 것을 허락한다면 말입니다.

우리가 자연의 이치대로 새로운 70년 혹은 80년을 산다는 것—또는 신들이 내린 갑작스런 벌처럼 그것을 맛본다는 것—은 가능성이자 위대함일 수도 있지만 그와 동시에 패배를 의미할 수도 있습니다.

어떤 이는 별 생각 없이 살아온 청춘에서 어느 날 갑자기 후회스러운 노년기로 굴러 떨어지는 것 같아 보입니다. 그는 준비 없이 당한 것이었습니다. 결코 그러한 상황이 발생하리라고는 생각해본 적이 없었습니다. 경계심도 없었습니다. 존재의 기적이기도 한 그런 상황을 그처럼 통과한다는 것은 슬프고 안타까운 일입니다.

타임머신을 속인다고 상상해봅시다. 그러면 그 기계의 톱니바퀴는 우리를 앞으로 나아가게 하는 대신 압사시킬 것입니다.

성숙기의 환멸에 대해서만 생각하는 사람에게 나는 성숙기의 매혹적인 것들에 대하여 말합니다. 단지 나이 듦의 체념에 대해서만 아는 사람들에게 나는 나이 듦이 가질 수 있는 지혜를 상기시킵니다.

자신의 시간과 함께 앞으로 나아가는 것이 필요합니다. 하지만 그 '자신의 시간'이란 어떤 것이며 어디에 있는지, 또 어디에 남아 머물러 있는지 압니까?

우리의 귀에는 이런 반복되는 소리들이 윙윙거립니다.

"내 시간은 이미 지났어."

"난 안 돼."

"어디서 봤더라……."

뭔가를 잃어버린다는 것은 그것이 반복될지도 모른다는 두려움과 함께 우리를 매우 취약하게 만듭니다. 또한 사랑하는 사람이 우리를 잊지나 않을까 하는 두려움, 다른 사람이 죽을지 모른다는 두려움, 재미난 시절도 끝나고 파티도 끝났을지 모른다는 두려움 등도 마찬가지입니다.

우리는 이러한 것들이 반복되기를 원치 않습니다. 더 이상 잃는 것을 원치 않습니다. 어쩌면 뭔가를 얻기조차 원치 않을지도 모릅니다.

하지만 우리의 내면에서 우러나오는 소리를 잘 경청하면 진정으로 산다는 것이 아직 가능한 일이라고 말하면서, 기뻤던 순간들과 아름다웠던 순간들을 지속적으로 들려주는 목소리가 있음을 알게 됩니다. 그 내면의 목소리는 신중하고 작기 때문에 그 말을 알아듣는 데는 다소 시간이 걸리기도 합니다.

내가 좋아하는 여자 친구 가운데에는 거의 아흔에 달한 사람이 있습니다. 나는 일요일 오후 늦게 그녀의 포근한 집에서 그녀와 위스키 한 잔을 나눌 심산으로 주말을 무척 기다리며 삽니다. 우리는 언제나 대화할 주제를 가지고 있습니다.

그녀는 모든 분야에 박식하고 참 흥미로운 사람입니다. 그녀는 특히 자신의 건강에 대해서는 말을 하지 않습니다. 이미 10년 전의 건강이 아니니까요. 그녀는 신문 내용에 관해 코멘트하고 정치와 음악에 대해서도 이야기합니다. 그리고 친구들에 대해서도 묻습니다. 이제는 영화관에도 안 가지만 엄청나게 많은 책을 읽는 사람이라서 얘깃거리는 항상 무궁무진합니다. 그녀는 웃기를 좋아하며 함께 만나면 매우 즐거운 시간을 보냅니다.

이처럼 그녀와 여타 다른 사람들을 생각하면서 나는 여든 혹은 그 이상의 나이를 가진다는 것이 정말로 어떤 형의 선고를 의미하는 것인지, 아니면 인생의 성공을 의미하는 대관식 같은 것인지 자문을 하곤 합니다. '대관식'이 있기 위해서는 관을 얹힐 구조물이 필요합니다. 그 구조물은 성취한 것과 잃은 것에 대해서도 관대해야 하겠지만 그것에 공을 들이는 노력과 축적에 대해서도 관대해야 할 것입니다. 아울러 기쁨과 고통, 좋은 정과 덜 좋은 정으로 살아온 그 무엇이어야 할 것입니다.

긍정적인 것으로 빛나는 접시는 어두운 것들로 채워진 접시보다 무게가 더 나가니까요.

"그렇다면 젊음에 대해서는 어떻게 얘기할 거예요?"라고 사람들이 나에게 묻습니다.

솔직히 젊음은 그렇게 많은 것을 말할 필요가 없습니다. 왜냐하면 그것은 거의 모든 미디어에서, 모든 홀에서, 모든 방에서 노래로 불리고 찬양되니까요.

우리 인생의 모든 단계들처럼 젊음은 섬광처럼 눈부신 것이면서도 혼란스러운 것입니다. 또한 성장을 의미하기도 하지만 어리석음을 의미하기도 하며, 고통을 의미하기도 하지만 환희를 의미하기도 합니다. 단지 인생의 모든 단계에서 강렬함과 빛으로 농축되어 있을 뿐입니다.

하지만 나는 젊음만이 가치 있다거나 그것만이 삶을 보증하는 것이라고는 생각하지 않습니다. 마치 성숙과 나이 듦이 더 낫다는 생각을 옹호하지 않듯이 말입니다. 그것은 서로 다른 것입니다. 각각 좋은 면도 있고 나쁜 면도 있습니다. 나이라는 것이 선과 은총의 보증서는 아닙니다.

항상 좋기만 한 할아버지는 하나의 신화일 뿐입니다. 또한 달콤하고 사랑스러운 할머니도 이야기책에서나 볼 수 있는 존재입니다. 현실에서는 다릅니다. 노인이 때로는 약자와 병자, 귀여운 아이에게 혹독한 폭정을 휘두르기도 하듯이 자신의 가족에게 무섭도록 난폭한 사람일 수 있습니다.

어떤 사람은 나이가 들면서 참기 어려울 정도로 요구가 많아지고 징징거리는 사람으로 변하기 때문에 함께 살기가 어려운 경우도 있습니다. 이제는 회복 불가능한 재산이나 직위, 명예 또는 외모와 활동 등 과거에 얽매어 지금의 처지에 적응하지 못하는 사람도 있습니다.

자식들이 배은망덕하기 때문에 늙은이가 고립되는 것은 아닙니다. 대다수의 경우 바로 그가 주위 사람뿐만 아니라 모든 일에 대해 끊임없이 비판을 가하고 관심을 요구함으로써 그들을 스스로 멀리하는 것입니다.

맞벌이를 하는 핵가족 시대에 가정부를 두는 것은 많은 비용의

지출을 의미합니다. 이러한 상황에서 나이든 사람이 독립적으로 움직이지 못할 경우에는 그에 대한 지원도 어려워지게 됩니다. 좋은 병원은 드문 반면에 비용이 많이 듭니다. 그래서 그것은 모든 사람에게 심각한 문제가 됩니다. 각 가정은 최선을 다해 그것을 해결해 나갈 것입니다만 대개는 상당한 금전적 희생과 심리적인 부담을 안게 됩니다.

"나이든 사람 문제는 그들에게 일이 부족하다는 거야. 그리고 관심도 부족하고……."

우리는 마치 그 문제가 피할 수 없다는 듯이 말을 합니다.

하지만 그렇지 않습니다. 자립적이고 정신이 맑은 한 아무리 나이가 많다 하더라도 자신의 의지조차 없다는 뜻은 아닙니다. 맑은 정신은 육체적인 고통에 대해 분명한 의식을 갖고 있다는 것만을 의미하지 않습니다. 그러므로 그것은 모든 재산 중에서 가장 큰 재산입니다.

나이가 들면 관심사가 예전의 활동이나 직업, 돈, 여행, 쟁취한 것 등과 같지 않을 수 있고 또 그럴 필요도 없습니다. 어느 시기가 되면 가능성이 변하지만 자신의 존재 자체가 없어지는 것이 아닙니다.

자신의 안녕과 기쁨은 아주 단순하고 하잘것없는 것에 있습니다. 그것은 세월이 우리에게 준 교훈 가운데 하나입니다. 바로 그렇기 때문에 행복해지는 것이 더욱 손쉬워지고 단순해집니다.

　새로운 정을 만드는 것은 어느 나이에서든 가능한 일입니다. 언제든 사람과 사물들, 장소와 관심사들과의 새로운 관계를 설정하는 것이 가능합니다. 따라서 사랑도, 따뜻한 마음도, 섹스도 젊은 이들만의 특권은 아닙니다.

　하지만 많은 경우 사람들은 나이든 사람들에게 최소한의 자립성이나 독립성도 허락하지 않습니다. 그 독립성이 완전히 가능하다고 할지라도 말입니다.

　"어머니, 혼자서 외출하시겠다니 무슨 말씀이세요!"

　"아버지, 혼자 사시겠다니, 또 혼자 여행하시고 혼자 식당에 가시겠다니, 정신 나가신 거 아니에요? 그 연세에……."

　이것은 무슨 선고와 같습니다. 그 나이에, 내 나이에, 라고 단서를 붙이니 말입니다.

　우리가 기쁨이나 건강, 사랑하는 사람을 잃는 것이 아닙니다. 우리 스스로가 바로 우리에게서 그것들을 빼앗는 것입니다. 그리고 다음과 같은 표현들처럼 흔한 말을 통해 우리 자신이 스스로를 가로막습니다.

　"난 늙었어. 내 손도 추해졌고. 이젠 더 이상 반지를 끼지 않을 거야."

　"이렇게 늙은 주제에 내가 뭣 하러 새 양복을 사겠어? 몇 번이나 그 양복을 입어보겠다고…….”

"난 이미 늙었는데 뭣 하러 집에 새로 페인트칠을 해? 뭣하러 소
파를 고쳐?'

그래서 나이 든 사람들은 마치 지나치게 헐렁한 바지를 입고 뒤
축이 닳은 구두를 신고 머리는 손질도 안 하고 닳아빠진 소파에나
앉아야 한다고 선고를 받은 것 같습니다.

도대체 왜 스스로 그런 딱지를 붙이는지, 왜 그런 통념에 스스로
를 끼워 맞추는 것인지 물어보는 것도 좋을 듯합니다. 비록 스스로
하는 그 행위가 자신들에게 매우 힘겨운 일이고 또 설사 다른 선택
이 있다고 할지라도 어떤 의미에서 그러한 행동을 하는 것인지 말
입니다.

비록 의자의 자리를(휠체어 자리조차도) 바꿈으로써 떨어지는 비를
보다 잘 보기 위한 것이라고 할지라도 무언가 긍정적이고 그럴듯
한 것을 실현하기 위해서는, 그 시간이란 것이 항상 나의 것이 되
어야만 합니다.

나는 여자 한 분이 혼자 살면서도 친구나 다른 가족을 사귀고
책, 음악, 자연 등을 즐기는 것을 보았습니다. 이따금 그녀는 샴페
인 한 병을 딴 뒤 혼자서(물론 외로워 눈물을 글썽이지는 않습니다.) 과거
자신에게 있었던 좋은 일들, 현재 좋은 일들, 앞으로 살고자 하는
이런 저런 일들을 위해 건배를 들곤 합니다.

어느 날 내가 그러한 그녀의 모습에 경탄을 표했습니다. 그녀는 멋쩍은 듯하면서도 즐거운 미소를 지으며 자신에게는 언제나 축하할 일이 있다고 대답했습니다.

그것을 인식하며 살고 있다는 것, 또 건강상에 심각한 문제가 없다는 것은 그야말로 하나의 특권입니다. 또한 아침햇살을 감상할 수 있다는 것과, 음식의 향기와 사람들의 향수 냄새를 음미할 수 있다는 것, 서로 서신을 교환하고 스포츠에서 음악, 정치 또는 자신이 원하는 각종 뉴스까지 접할 수 있다는 것, 게다가 자신이 세상사에 참가한다는 것 그것은 하나의 특권이었습니다.

나이 들어가는 한 여성의 그러한 긍정적인 시각은 나를 감동시켰습니다.

그녀의 나이는 정체기에 있는 것이 아니라 이전에는 할 수 없었던 일들을 이제는 평온하게 할 시점에 와 있었습니다. 그녀는 더 이상 이전처럼 많은 의무도 없고 또 기대감에 부푼 많을 것들을 실행할 필요도 없었습니다.

"사람들이 나에게 더 친절한 것 같아요."

그녀는 약간은 음흉한 미소를 지으며 말했습니다.

"그들은 '저분은 많이도 늙으셨네, 참 안됐어.' 라고 생각하는 것이 틀림없어요. 그러면 나는 깊은 숨을 몰아쉬며 보다 자연스럽게 행동할 수 있게 되죠."

언젠가 나는 어떤 이야기를 읽은 적이 있는데 그 내용은 다음과 같았습니다.

어느 젊은 여성이 몸매를 유지하기 위하여 달리기를 하고 있었습니다. 그러다가 집 앞의 정원을 돌보고 있던 한 노파 곁을 지나게 되었습니다.

—할머니, 제가 할머니처럼 말랐다면 이렇게 뛸 필요가 없을 텐데 말이에요!

노파는 손짓으로 그녀를 멈추게 했습니다. 그러고는 그녀에게 다가가서 미소를 지으며 이렇게 말했습니다.

—귀여운 아가씨, 나처럼 이렇게 늙어지면 모든 게 훨씬 수월해져요. 퇴직해서 이렇게 마음껏 장미를 돌볼 수도 있으니까.

하지만 우리가 달나라 여행만을 꿈꾼다면 장미를 돌보는 일은 너무나 지겹게 보일 수 있습니다. 그렇게 되면 결국 아무것도 키우지 못할 것입니다.

인생은 열두 살이든, 서른 살이든, 일흔 살이든 언제나 우리의 인생인 것입니다. 남들이 아니라고 말할 때라도 우리는 그 인생을 무언가 의미 있는 것으로 만들 수 있습니다. 우리는 그것을 우리의 한계 내에서, 가능성 안에서, 이치에 맞는 범위 내에서 할 수 있습니다. (물론 이따금 이치에 맞지 않는 것도 시도해봄직합니다.) 그러므로 만일 우리가 아직 얻을 수 있는 것에 대하여 스스로 '그럴 자격이 없어.'라고 생각을 한다면 자신은 정말 아무것도 아닌 존재가 될 것입니다.

마음의 성숙

어느 큰 병원에서 일하는 심리학자와 심리분석가 팀이 나에게 '상실'이라는 주제로 강연해줄 것을 요청해왔습니다. 사랑하는 사람을 잃은 것이나 자신의 건강을 잃은 것, 죽음이 바로 앞에 다가온 것 등에 대한 얘기를 해달라고 했습니다.

대형 병원에서 매일 매일 고통과 두려움, 희망과 죽음이라는 문제에 직면하는 전문가들에게 내가 무엇을 말할 수 있을까 고민했습니다. 그런 문제는 그들이 나보다 훨씬 더 많은 경험을 가지고 있을 텐데 말입니다.

그래서 나는 단순해지기로 했습니다. 상실의 문제를 겪으면서 자연스레 접하는 어려움에 대하여 말하기로 했습니다.

먼저 우리는 무엇이든 잃는 것을 원치 않는다는 것입니다.

잃기를 원치 않는 것은 당연한 것입니다. 우리는 건강, 애정, 사랑하는 사람 등 그 어느 것도 잃기를 원치 않습니다. 하지만 현실은 그렇지 않습니다. 우리는 이 책이 말하고자 하는 잃음과 얻음의 끊임없는 순환을 맛봅니다.

둘째, 잃는다는 것은 정말 마음을 아프게 한다는 것입니다.

상실에 따른 고통은 피할 도리가 없습니다. "아파하지 마, 울지 마."라고 말하는 것은 바보 같은 짓입니다. 고통은 중요합니다. 또한 상실에 따른 내적인 아픔도 중요합니다. 그것이 아직 우리 주위에 존재하는 것들과 우리를 지나치게 오랫동안 마비시키지 않는 한 말입니다.

셋째, 비극과 고통에 대처하기 위해서는 내적인 어떤 재원들을 필요로 한다는 것입니다.

다른 사람들의 도움, 따뜻한 포옹과 위로의 말들, 입안의 음식까지도 상대적이며 일시적인 것입니다. 고통을 헤쳐 나가게 하는 결정적인 힘은 바로 자신에게서 나와야 합니다. 바로 자신의 문제가 보관돼 있는 그곳으로부터 말입니다.

결국 상실과 맞서 싸우는 것은 자신의 내면에서 찾게 될 무언가에 달려 있습니다.

당신의 내면에 튼튼한 나무가 자라고 있는가, 아니면 넝쿨 식물이 자라고 있는가, 그것에 따라서 우리에게 영양분을 공급해주고 우리를 지탱해줄 것이 많을지 적을지가 결정됩니다. 어떤 사람에게 비극은 정말로 놀라운 힘이 솟아나게 합니다. 당사자를 쓰러뜨릴 것 같은 그 고통이 그를 다시 일으켜 세우고 성장하게 합니다.

하지만 대부분의 경우에는 파괴로 이어집니다. 그들의 텅 빈 허전한 마음속에는 분노와 쓰라린 고통이 휘몰아칩니다. 상실감이 개인적인 부당함으로 또 인생의 배신으로 그들을 엄습합니다.

심각한 병에 걸려 조만간 죽게 된다거나 아니면 사랑하는 사람을 잃을 수도 있다는 충격을 받게 되면 우리는 높고 차가운 벽에 머리를 부딪치며 고통스러워합니다.

나는 지금 인생의 덧없음이나 죽음을 접했을 때 보게 되는 고통스런 몸짓이나 행동에 대해 말하는 것이 아닙니다. 나는 그것보다 훨씬 더 심각한 것에 대해 말하고 있습니다. 즉 무언가를 잃게 된 그날까지도 그것에 대해 생각해보지 않은 채 살아왔기에 막상 그것을 잃었을 때는 그 어떤 것에서도 더 이상 의미를 발견하지 못하는 우리의 모습에 대하여 말하고 있는 것입니다.

우리는 어떤 사람이나 건강, 사랑, 지위 등 이제 더 이상 나의 것이 아닌 잃어버린 것에 대하여 깊게 생각하지 않은 채, 잃어버린 그것들을 보다 가치 있는 무엇으로 탈바꿈시키지 못한 채 그것을 가졌거나 향유했던 과거의 시간 속에서 방향을 잃고 헤매곤 합니다.

만일 우리가 피상적으로 살고 있는 것이라면 막상 우리의 내면을 들여다보는 순간 그저 황량함만을 발견하게 될 것입니다.

나는 모든 사람이 철학자가 되어야 한다든가 혹은 은둔자가 되어야 한다든가 아니면 광신도가 되어야 한다고 생각지 않습니다. 또한 피상적인 포즈나 자세에 대해서도 믿지 않습니다. 아울러 삶과 죽음, 고통에 대해 많이 이론화한 것도 믿지 않습니다.

나는 단지 따스한 정을 믿을 뿐입니다. 나는 우리가 스스로에게 의미를 부여하는 미스터리한 생의 사이클, 그것의 일부라는 인식을 가지고 있습니다. 그리고 우리가 비록 그 사이클 내에서 무의미한 존재일지는 모르나 우리는 '중요하다' 라는 인식을 가지고 있습니다.

그것이 바로 성숙과 나이 듦이 젊은 시절에는 그다지 선명하게 드러나지 않았던 미덕을 가지고 있는 이유 중 하나인 것입니다.

상실에 대한 강연회에서 나는 우리가 서로의 고통에 대해 얼마나 잘못 대처하고 있는가를 관찰할 수 있었습니다. 명랑하고 행복하게 보이는 것이 거의 의무이자 마치 목욕을 하고 향수를 뿌리는 것과 같은 '위생' 문제처럼 취급되고 있었습니다.

하지만 우리는 이따금 스스로 고통스러워하는 것을 받아들여야 합니다. 또는 다른 사람이 고통스러워하는 것을 감내해야 합니다.

친구, 가족, 치료사, 의사 등 우리 모두는 누군가가 고통을 받고 있는데 아무것도 도와줄 수 없을 때 자신의 한계를 심하게 느낍니다. 하지만 어떤 경우에는 호출을 받았을 때 그저 당신의 모습을 보여줌으로써 그가 찾는 당신이 거기에 있음을 알게 하는 것이 더 나을 수도 있습니다.

고통의 시간을 허용하지 않는다는 것은 비현실적입니다.

통증이 일어났을 때 환자는 고통스러워하기 위하여 허락을 구한다든가 아니면 그 고통을 소진시키기 위하여 허락을 구하진 않습니다.

어느 사회의 경우 고통, 가난, 질병, 버림, 죽음 등은 낯선 몸뚱이이자 위협적인 그 무엇입니다. 그 사회의 슬로건은 마치 '요란스럽고, 즐기고, 멈추지 않으며, 생각하지 않고, 고통을 받지 않는 것' 같습니다.

고통은 우리를 불안하게 합니다.

조용함도 우리를 불안하게 합니다.

자신의 내부 세계로 침잠하는 것이 다른 사람들을 불안하고 심란하게 만듭니다.

"그 사람은 지금 아픈 것이 틀림없어, 몸이 안 좋은 것이 맞아. 우울증에 걸린 것이 틀림없어. 혹시 누가 알아? 술에 찌들어 사는지…… . 아니면 새 여자가 생겼거나 새 남자 애인이 생겼는지…… ."

사람들은 불안함을 느끼지 않기 위하여, '생각을 위해 잠시 멈추는 것'을 하지 않기 위하여 재촉하는 것인지 모릅니다. 아니면 그저 우리를 사랑하므로 우리의 고통이 그들을 불안하게 하기 때문에 매 시간마다 우리에게 이렇게 재촉하는지도 모릅니다.

'좀 움직여봐, 어서 집에서 나와, 그만 울어, 멋진 옷을 차려 입어봐, 영화구경 가자, 외식하자.' 등등.

하지만 이렇게 재촉할 시간은 항상 따로 있는 법입니다. 무언가를 잃어버려 슬픔에 빠지는 것도 필요한 것입니다. 그렇지 않으면 고통은 무익하며 우리의 내면 더 깊은 곳으로 뿌리를 내릴 것입니다.

그렇게 해서 생기는 불꽃은 우리의 마지막 남은 활력까지 재로 만들 것이며 모든 출구를 막아버릴 것입니다.

내가 사랑하는 사람을 잃어버리고, 건강을 잃어버리고, 친구를 잃어버리고, 직장을 잃어버리고, 내 환상을 잃어버리고…… 그리고 그것이 무엇이든 나를 고통스럽게 하는 것을 잃어버렸을 때, 외식을 한다고 즐거워질 수는 없을 것입니다.

그렇다면 한순간 혹은 일주일 아니면 한 달 혹은 그 이상의 기간 동안이라도 내가 고통을 받도록 내버려두시길 바랍니다. 내가 적절한 기간 동안 슬픔에 잠겨 있도록 허락해주시길 바랍니다. 그리고 지나치게 나의 슬픔에 관여하지 않음으로써 나를 도와주시기 바랍니다. 한 통의 전화나 꽃 한 송이, 방문, 따뜻한 포옹 정도는 좋습니다만 나에게 항상 쉴 새 없이 기쁨을 유지하라고 요청하진 마십시오.

우리가 지나치게 아프거나 괴팍하지 않다면 고통도 결국 스스로 소진되고 말 것입니다. 우리가 어떤 부름이나 다정한 메모 한 장이라도 그것을 받아들이고 경청할 수 있다면 그쯤해서는 고통도 사그라질 것입니다.

극심한 '상실감'이 우리를 감정의 중환자실에 입원시켰다면, 긍정적인 무언가가 중환자실 밖으로 끄집어 내줄 때가 있을 것입니다. 그 다음 언젠가 우리는 그 병동의 복도를 기웃거릴 것이고 이어서 그 중환자실에서 일반병실로 옮겨갈 것입니다. 그리고 마지막으로 거리를 보게 될 것이고 다시 움직이기 시작할 것입니다.

우리는 아직 살아 있는 존재이며 삶의 과정에 있는 것입니다. 죽을 때까지 말입니다.

사랑의 종말로 인해 사랑을 잃는 것, 또는 버림이나 배신으로 사랑을 잃는 것은 우리의 인생철학과 우리의 가치관을 모두 뛰어넘는 것이지만 그 모든 것은 우리 자신에게 달려 있습니다.

　어떤 것도 우리를 편안하게 해주거나 위안을 주지 못합니다. 이미 잃어버린 사랑이지만 그 사람이 아직 저기에 살아 있기에, 게다가 아마도 다른 사람과 함께 있기에, 우리의 고통과 거부감은 그 상황을 받아들일 수 없다는 감정과 뒤섞입니다. 그리고 그 사람을 되찾고 싶은 마음으로 다시 뒤죽박죽됩니다. 그 사랑을 되돌리고자 하는 시도는 이따금 더 큰 피해를 줄 수도 있습니다.

　사랑하는 연인에 의해 거부당한 한 여성이 이미 옛 사랑인 남자에게 자신을 위로해달라고 졸랐습니다. 그녀는 "저는 단지 당신하고만 우리의 미래에 대해 얘기할 수 있어요."라고 말했습니다. 고통이 그녀로 하여금 더욱 더 상처를 받게 했습니다.

　결국 그녀가 그로부터 벗어나는 데는 더 많은 시간과 고통이 필요했습니다. 그 남자는 자신의 고통을 달래달라는 그녀의 불가능한 요구에 화가 치민 나머지 마치 낡은 주전자를 차듯이 그녀를 차버리고 말았던 것입니다.

　우리가 이전에 꿈꾸었던 이상으로, 많은 경우 새로운 사랑이 우리를 기다립니다. 여든 살이 되었든 아니면 항상 사랑할 시간이 넉넉하게 준비돼 있든 그리고 그 사랑이 나타나지 않은 채 시간이 다 소진되고 만다 해도 우리는 남을 사랑할 또 다른 형태의 사랑이 있음을 배우게 될 것입니다. 친구, 가족, 새로운 일 혹은 어떤 관심사 등이 그것을 대신하진 않겠지만 당신에게 빛을 비춰줄 것입니다.

무언가를 잃어버린 것이 우리에게 그 무언가를 더욱 사랑하게 하는지 누가 알겠습니까?

건강을 잃으면 의학이 만든 진통제나 그보다 나은 것들로 보상을 받게 됩니다. 돈이나 직장을 잃는 것도 비록 새로운 한계와 조건을 요구한다고 할지라도 얼마든지 치유될 수 있습니다. 젊음을 잃는 것은 우리가 얼마나 공허한가, 우리의 지평선이 얼마나 좁은가 하는 문제와 관련이 있습니다.

하지만 죽음으로 인한 사랑의 상실은 모든 것을 잃는 것과 같습니다.

죽음으로 인한 사랑의 상실은 우리로 하여금 가장 알려지지 않은 우리의 내면세계, 즉 우리의 믿음과 우리의 영적인 면, 한마디로 우리의 초월성을 둘러보도록 강요합니다.

사랑하는 사람을 잃는 법을 배우는 것, 그것은 자기 자신을 얻는 법을 배우는 것이며 나아가 그 사람이 의미했던 모든 것을 다른 형태로 얻는 법—진정으로 인수하는 법—을 배우는 것입니다. 하지만 우리는 일상생활에서 그 사람이 의미했던 모든 것에 대하여 관심조차 두지 않았었습니다.

내가 사랑하는 한 여자 친구도 삶에 충실했던 많은 여성들의 경험과 같은 것을 겪었습니다. 그녀는 멋지고 매력적이었으며 선하고 주관이 뚜렷했던 한 남자를 오랫동안 병 간호해왔습니다. 하지만 이제 그녀는 조금씩 지쳐가고 있습니다. 공포감을 느끼는 한편으로는 살고도 싶기에, 불가능한 낙관론과 애처로운 절망 사이에서 싸우고 있습니다.

우리는 그녀가 사랑하는 남자를 위하여 그녀와 함께 눈물을 흘릴 수도 있고 또는 엄숙한 표정을 지을 수도 있습니다. 각자 자신의 처지에 대하여 말도 하고 침묵도 하고 반박도 하지만—때로는 도망치는 것도 포함하여—그 남자의 종말을 바라보는 개개인의 내적인 상태는 각자 다른 것입니다.

마지막으로 부딪히는 상황은 미처 예기치 못한 어떤 사실이 아니며 더더욱 우리와 동떨어진 사태도 아닙니다. 그것은 단지 일련의 구체적인 사실들과 내적으로 성취한 것들의 마지막 부분일 뿐입니다. 우리 각자는 문자 그대로 자신의 길을 걸어왔습니다.

우리는 (일반인에게 공개된 사람의) 장례식장과 무덤, 분위기에 젖어듭니다. 그 다음으로는 낯설고 고통스러운 면, 즉 죽은 자의 침묵이 우리를 엄습해옵니다.

그럴 때면 제아무리 다정한 말이나 제스처도 상을 당한 사람에게는 도움이 되지 못합니다. 결국 세월이 움직여 주기를 기다려야합니다. 그 세월은 우리의 하루하루와 시간을 삼켜버리기도 하지만 다른 한편으로는 유능한 간호사이기도 합니다.

"당신은 너무 집요하게 죽음에 대하여 글을 쓰시는군요. 무엇 때문인가요?"

어느 신문기자가 물었습니다.

"아뇨, 나는 죽음에 대하여 집요하게 글을 쓰는 것이 아니라 삶에 대해 글을 쓰고 있습니다."

죽음도 삶의 일부분이니까요.

내가 부정확한 존재인 만큼 나의 문학에서도 패배주의자거나 쓴맛을 풍기는 사람인지 모르겠습니다. 하지만 글을 읽을 줄 아는 사람에게는 내가 쓰는 모든 글들이, 실제 인물이 아니라 꾸며낸 등장인물들을 통해서 강한 연대감과 강렬한 사랑, 논란의 여지가 없는 희망으로 충만해 있음을 알게 될 것입니다.

나는 죽은 것이 아닌 존재하는 것과 환상적으로 멋들어진 것에 대한 글을 씁니다. 때로는 무시무시한 것을 쓰기도 하고, 어떤 경우에는 보다 나을 수도 있는 것들에 대하여 글을 씁니다. 그리고 모든 삶의 편린을 동원하여 사랑과 인생에 관한 글을 씁니다.

그런 식으로 나는 죽음에 대해서도 분명히 말을 합니다.

약간 문학적인 표현을 빌자면 나는 죽음이 우리의 삶에 대해 글을 쓰는 것이라고 말할 것입니다.

우리가 태어난 이래 죽음은 자신의 각본을 스스로 써가고 있습니다. 죽음은 위대한 등장인물이자 잠들지 않고 자신을 사색하는 눈입니다. 또한 죽음은 우리를 부르지만 우리가 듣고 싶어 하지 않는 목소리입니다. 때로는 그 목소리가 우리에게 많은 비밀을 일러줄 수도 있습니다.

그 비밀들 가운데 가장 큰 비밀은 '죽음이 삶을 너무나 중요한 것으로 만들어놓는다!' 라는 것입니다. 왜냐하면 우리는 죽을 것이기 때문에, 사랑한다고 오늘 말할 수 있어야 합니다.

그렇기 때문에 그토록 원하는 것을 오늘 할 수 있어야 하며, 자식이나 친구를 오늘 한번 따뜻하게 안아줄 수 있어야 합니다.

오늘 우리는 몸가짐을 단정히 해야 하고 관대해야 하며 행복하려고 노력해야 합니다.

죽음은 우리를 뒤쫓아다니며 괴롭히지 않습니다. 단지 기다릴 뿐입니다. 왜냐하면 그의 품안으로 달려가는 것은 바로 우리 자신이기 때문입니다. 당신이 거기에 도달하는 방법은 당신이 살아 있는 매 순간마다 결정할 수 있습니다.

그 모든 것 중에서 가장 좋은 것은 그 죽음이 우리의 초월적인 힘과 능력을 상기시켜주는 것입니다.

우리는 육체와 열망 이상의 존재입니다. 우리는 미스터리한 존재입니다. 그것이 우리로 하여금 그럴 거라고 추측하는 존재보다도 더 위대한 존재로 탈바꿈시켜 놓습니다. 우리의 두려움보다도 더 위대한 존재로 말입니다.

전대미문의 그 영역으로 접근할 때 사랑은 몸을 구부려야 합니다. 그리고 고통과 공포를 안은 채 그 큰 시험을 치르게 됩니다. 그러고 나면 따뜻한 마음이 되기 시작합니다. 영속이라고 하는 무언가에 다가가게 됩니다.

사람이 산다는 것이 그저 먹고 마시고 일하고 성관계를 맺고 쇼핑을 하고 계산서를 지불하는 것이라고 믿는다면 사랑하는 사람의 죽음은 구원이 없는 절망이 될 것입니다. 우리는 그러한 상황을 받아들이지 못하며 더 이상 그 어떤 것도 믿지 않습니다.

하지만 얼마간의 세월이 지난 뒤엔 그 사랑했던 사람이 다른 방식으로 우리의 마음속에 자리를 잡을 것이며 그때부터 계속해서 우리가 속한 현실의 일부가 될 것입니다. 우리가 원치 않았던 것이자 헤아릴 수도 없고 피할 수도 없는 죽음까지 포함하여 그 모든 것을 긍정적으로 바라보는 시각을 가진다면 말입니다.

어쨌든 모습은 바뀌었어도 그 사람은 아직 존재합니다.

"세월이 흐르면서 고통도 줄었어요."

지금으로부터 30여 년 전에 어린 딸을 잃었던 한 남자 친구의 말입니다.

　나도 죽음이라고 부르는 여사를 조금 알고 있습니다. 그녀는 나를 두 번이나 혹독하게 괴롭혔습니다. 나의 얼굴에 침을 뱉었고 땅바닥에 내동댕이쳤습니다. 그럴 때마다 내 중요한 일부가 사라져갔습니다. 하지만 그 잃어버린 부분이 모양은 다르지만, 다시 만들어졌습니다. 비록 매일 내 마음속에 다시 채워지지 않을 그 빈 공간을 느낌에도 불구하고 나의 일부가 잘려나갔다고 느끼지 않습니다.

　나는 떠나가버린 사람에게 내가 할 수 있는 가장 훌륭한 경의의 표시란 자신이 바라는 대로 사는 것임을 알게 되었습니다. 그것은 곧 부분이 아닌 전체로 살아가는 것입니다. 그리고 건강한 모습으로, 내가 취할 수 있는 기쁜 일들과 함께 불가능할 수도 있는 인생 설계를 그리며 살아가는 것입니다.

　성숙은 나에게 좋고 아름다운 것들을 가르쳐주었습니다. (항상 그 교훈을 잘 배웠던 것은 아니었습니다.) 나는 나이 듦이 다가올 때 그것이 나에게 훨씬 더 많은 것을 가르쳐주고 또 내가 이전보다 더 다정하게 그것을 맞이하는 사람이 되어 있기를 기대합니다.

나는 가정과 직장에 다니면서 잊어버렸던 어린 시절의 무언가를 다시 배우게 되었습니다. 모든 아이들처럼—만일 우리가 그 아이들을 그렇게 하지 못하도록 너무 가로막지 않는다면—나 역시도 혼자 조용히 있기를 좋아했습니다. 나는 또 어떤 책의 그림들을 보면서, 바람과 빗소리 또는 집안사람들의 목소리를 들으며 행복에 젖곤 했습니다.

하지만 성인이 되면서 나는 고독을 두려워하기 시작했습니다. 아마도 나는 그것을 고립으로 느꼈기 때문입니다.

우리는 대우주뿐만 아니라 정원이나 어린이 방의 한 모퉁이에 존재하는 작은 우주와도 하나가 될 수 있는 가능성을 점차 잃어가고 있습니다. 자신을 충만하게 만들 내면 세계로의 침잠을 스스로 빼앗아버렸습니다. 자신을 충만케 할 연료는 사색과 침묵, 사물에 대한 가장 자연스러운 감정에서 나옵니다. 그러한 침잠은 우리에게 필요한 것인데도 우리 자신이 빼앗아버리고 말았습니다.

오늘날 이 집에는 필수적인 애정들이 나를 가득 채우고 있습니다. 이제는 고립이 없습니다. 어떤 나이의 친구든지 나를 만나러 옵니다. 몇몇은 별로 중요하지는 않지만 유쾌한 주제를 가지고 옵니다. 다른 몇몇은 내가 젊을 때였다면 아주 당황했을 고통스러운 문제들을 가지고 찾아옵니다.

대부분의 경우 나는 그들에게 어떻게 말해줘야 할지 모릅니다. 나는 단 한마디의 그럴듯한 제안도 못할 뿐만 아니라 단 하나의 뛰어난 문장도 말해주지 못합니다. 하지만 아마도 그들은 그때 내가 많은 것을 보고 경험을 했으며 또 많은 것을 듣고 관찰했다는 것을 느꼈을 겁니다.

거의 아무것도 나를 놀라게 하지 못합니다.

거의 아무것도 나에게 충격을 주지 못합니다.

대신 모든 것이 내 마음을 울리고 나에게 그늘을 드리우며 또 저를 감동시킵니다. 가장 일상적인 것에서부터 가장 보기 드물었던 것까지 매우 다양합니다. 모든 것이 삶의 일부분입니다.

성숙은 나로 하여금 덜 혼란된 마음으로 사랑하고, 누가 알겠습니까마는 덜 천박하게 사랑하도록 했습니다. 물론 덜 기쁘게 사랑하도록 하지는 않았습니다.

불구의 몸이 아니므로 필요한 경우에는 나 역시 혼자 여행을 합니다. 여행지에서는 혼자 레스토랑에 가기도 하고 혼자 차를 몰기도 합니다.

점심이나 저녁식사를 약속했을 때 아직도 약속한 식당문 앞에 서서 나를 기다리고 있는 여성들이 있습니다. 동반자 없이는 식당에 들어가지 못하기 때문입니다. 물론 나는 지금 교양 없고 의지할 데도 없는 가정주부나, 레스토랑에는 단 한 번도 가보지 못한 시골 여성에 대해서 얘기하고 있는 것이 아닙니다.

성숙한 여성이 혼자서 레스토랑에 들어가는 걸 두려워하는 것은 자연스러운 일이 아닙니다. 또한 남의 시선 때문에 생활하는 것을 스스로 금지하는 것도 자연스럽지 않습니다. 아울러 누군가를 사랑하고 뭔가를 갈구하는 것을 부끄러워하는 것도 자연스러운 일이 아닙니다.

하지만 일흔 살의 나이에 더 이상 인생설계를 가지고 있지 않다는 것은 진정으로 부자연스러운 일일 것입니다.

본질적인 문제는 내 삶이 다른 사람들이나 사회 혹은 매스컴이 주입하는 삶이 아니라, 바로 나의 삶이어야 한다는 것입니다. 아울러 그 삶은 무엇을 접거나 닫아버리는 것이 아니라 무언가를 전개하고 열어젖히는 것이어야 합니다. 또한 수 천 가지의 재원과 인위적인 것, 공예품, 환상적인 새로운 것, 흥분과 혼란을 자아내는 것 등등이 가득한 이 우주에서도 내가 잠들어서 그런 것이 아니라 그냥 있어도 편안한 곳, 그런 곳을 가질 수 있는 삶이어야 합니다.

아울러 내가 믿음을 가질 수 있는 삶이어야 합니다. 물론 어떤 것을 믿느냐에는 큰 차이가 없습니다. 선과 악 가운데 단지 악만을 믿는다든가, 폭력만을 믿는다든가 배반과 부패, 부정적인 것만을 믿는 것이 아닌 한 큰 차이가 없습니다.

　이것은 우리의 이야기에 대한 논쟁이, 거울로 가득 찬 어느 미로 속에서 반사된 자신의 모습에 놀라 도망다니는 쥐들이 아닌 왕들의 여정에 대한 논쟁이 되도록 하기 위함입니다.

살아갈 시간

만일 복귀할 시간이 있다면
나는 돌아갈 것입니다.
내 피로
패러독스와 미로를 따라
내 영혼을 밀며 올라갈 것입니다.
─심장이 다시 한 번 넘쳐 흐를 때까지.

(내가 이전과 똑같은 열정을 가질지
누가 알겠습니까?)

─《무대 위의 여자》, 1984

삶의 톤

나는 우리 자신의 끊임없는 재창조에 대하여 작고도 실용적인 책을 쓰려고 했습니다.

그 책에서 이렇게 말했습니다. 무엇보다도 나 자신에게 말입니다. 지나치게 쓸모없는 사람이 되거나 겁 많은 사람이 되지 말자. 왜냐하면 인생은 마냥 비워지는 술잔이 아니라 한 모금 마실 때마다 다시 채워지는 술잔처럼 흡수되어야 하기 때문에.

정신이 맑다면 우리 자신의 주위와 내면세계를 살펴보는 것이 가능합니다. 바쁜 일상생활과 각종 약속들, 쇼핑, 텔레비전, 컴퓨터, 패스트푸드 점, 마약, 애정 없는 성관계, 싫증, 원한, 불평, 망설임, 체념 등의 사이에서도 잠시나마 휴식시간을 가지라는 말입니다.

사색을 한다는 것은 표면적인 것의 질서를 건드리는 것입니다.

하지만 만일 내가 얼굴을 가린 채 어느 구석에 쪼그리고 있다면 나는 이 세상의 나무들 사이로 부는 바람소리를 듣지 못할 것입니다. 나는 그 바람소리를 생의 단 하루만이라도 깊이 이해하고 싶었습니다. 나는 어쩔 수 없이 잃어버린 것들을 담은 접시가 내가 얻었을 것으로 여겨지는 것들을 담은 접시의 무게보다도 더 무거웠는지에 대하여는 알지 못할 것입니다.

우리는 개인적인 작은 비밀보다 훨씬 더 큰 무언가를 빌려 쓰는 사람들입니다. 그것은 존재의 강력한 사이클입니다. 그 사이클 속에는 숱한 재앙과 아름다운 사건들이 꼭 거쳐야 할 과정을 이루고 있습니다.

우리는 숲 속의 나무들과 같습니다. 어떤 나무는 완연한 성숙과 잠재력을 지닌 단계에 도달한 뒤에 잘립니다. 어떤 나무는 자라지도 못하고 시들어버립니다. 또 다른 나무는 너무 늙어 뒤틀리고 꼬여 있으며 이제 그만 쉬게 해달라고 애원을 합니다. 하지만 그러한 상황 속에서도 아직 위엄과 아름다움을 가질 수 있습니다.

이 글에서 나는 밀물과 썰물처럼 얼핏 보기에 모든 것을 쓸고 갔다가 되돌려주는, 우리가 허용함으로써 우리 자신을 익사케 하는 세월의 흐름에 대하여 얘기했습니다. 또한 나는 생명을 탄생시키고 꽃을 피우게 하는, 그러나 위협과 고통으로 비쳐지는 세월—우리를 소멸시키지 못하게 하기 위해 길들일 필요가 있는 세월—에 대해서도 얘기를 했습니다.

아울러 자신의 인생사를 엮어가는 사람의 비전과 가능성에 달려 있는, 잃는 것과 얻는 것에 대해서도 얘기를 했습니다.

나는 또 이 책의 앞부분에서 우리 모두가 그것에 따라 존재하기를 원하거나 존재할 수 있는 톤을 찾고 있듯이, 나 역시 독자와의 대화를 위해 여기서 톤을 찾아야 한다고 말했습니다.

그 톤은 우리의 톤이 아닐 수도 있고 또 거짓되고 모방된 톤일 수도 있습니다. 그것이 조율되지 않은 톤이라면 그 이유는 피상적이기 때문일 것이며, 그것이 조화로운 톤이라면 그 이유는 우리 욕망의 뿌리이자 우리 존재방식의 뿌리이며 우리가 지닌 모든 가능성의 뿌리인, 영혼에서 솟아오른 톤이기 때문일 것입니다.

우리는 그 톤을 영원히 만나지 못할지도 모릅니다.

어떤 이들은 자신의 리듬조차 따라가지 못합니다. 그 이유는 차양으로 태양을 가리기에 바쁜 나머지 그 리듬을 들으려고 하지도 않고 또 이해하려고 하지도 않기 때문입니다.

또 다른 이는 그 톤을 발견하고 그것을 따라갑니다. 때로는 쾌활하게, 때로는 조용하게, 때로는 열정적으로, 때로는 엄숙하게, 때로는 비극적으로, 때로는 권태롭게, 다시 쾌활하게 그 리듬을 따라갑니다. 그들은 편견과 환상의 유령과 춤을 추는 것이 아니라 자신의 연인인 인생과 함께 춤을 춥니다.

긍정적인 톤에 귀를 기울이는 것은 20대나 60대 혹은 그 이상의 나이 때보다도 40대에 더 쉽습니다. 나는 그 톤이 차분히 내려앉아 자리를 잡고 노래를 부를 수 있는 내면의 공간과 평온을 가지려면 80대가 적당하다고 생각합니다.

이 책의 처음으로 다시 돌아가봅니다.

이 세상은 그것에게 정체성을 부여하는 우리의 시선이 없다면, 그것에 어떤 질서를 부여하는 우리의 생각이 없다면 아무런 의미가 없는 것입니다.

산다는 것은 아마도 죽음과 마찬가지로 매 순간 스스로를 재창조하는 것입니다.

이 세상에 태어나서 우리는 앞에 놓인 거울에 각종 기교를 부려 작품들을 그리기도 하고 연습을 통해 새로운 것을 만들기도 합니다. 어떤 비전은 사막의 신기루일 수 있습니다. 미역들이 둥둥 떠다니는 섬처럼 우리를 물속 깊이 가라앉게 합니다. 다른 비전은 우리의 소박한 바람에 비해 너무나 높은 나뭇가지에 매달려 있습니다. 또 다른 비전은 아직 빛을 발하고 있지만 아무도 알아보지 못하거나 믿지 않습니다.

인생은 단지 견디기 위해서나 살기 위해 거기에 있는 것이 아니라 공들여 만들어지기 위해 있습니다. 때로는 필요에 따라 재프로그래밍될 수도 있습니다. 또 의식적으로 집행될 수도 있습니다.

굳이 거창한 것을 이룰 필요는 없습니다. 하지만 우리가 자신에게 이룬 최대의 것이 되어야 합니다.

아무리 작가가 많은 작품을 쓰더라도, 아무리 음악가가 많은 작곡을 하고 노래를 부르더라도, 아무리 화가와 조각가가 형태와 색, 빛으로 멋진 작품을 만들어낸다고 하더라도, 아무리 그 작품 속에 숨어 있는 내용이 내면 깊숙한 감정을 표현한다고 하더라도, 그것이 우리 앞에서 춤을 추며 정신이 맑은 최후의 순간까지 우리를 부른다고 하더라도, 본질적인 것은 이름도 형태도 없다는 사실입니다.

이제 그것을 알면서 나는 이 책을 마무리하고 컴퓨터를 끕니다.

근본적인 것은 우리 각자가 발견해야 하는 것이자 우리를 경악케 하는 것이기도 합니다. 또한 그것은 우리 각자에게 영광이 아니면 불행일 수도 있습니다.

성숙한 삶의 향기

　브라질 문학을 전공한 나는 이따금 인터넷을 통해 브라질 현지의 서점을 찾아다니며 책을 구입하곤 한다. 그러던 지난 해 초, 브라질의 유명 여성 작가 리아 루프트의 책이 몇 주간 베스트셀러에 오르는 것을 보고 무슨 이유일까 궁금했는데 때마침 출판사에서 그 책의 번역을 의뢰해왔다. 이미 호기심을 갖고 있던 터라 책을 받자마자 단숨에 읽어 내려갔고, 그 과정에서 지금까지도 이 책이 브라질 베스트셀러 리스트에 머물고 있는 이유를 알 수 있었다.

　그것은 영어와 독일어를 완벽에 가깝게 구사하는 그녀가 지금까지 쌓아온 명성 때문만이 아니었다. 그녀가 얘기하는 주제가 우리 모두의 근본적인 물음, 즉 인간의 보편적인 본질과 삶을 이야기하고 있기 때문이다. 이 책은 결코 추상적인 관념론이 아니라 작가 자신의 섬세한 감각과 생생한 체험, 주변 사람들과의 직접적인 대화와 접촉에서 나온 결과이기에 독자의 가슴에 짙은 감동과 친근감을 준다.

우리 모두는 산다는 것이 무엇일까라는 의문을 한번쯤 품고 고민한다. 그러나 어쩌면 해답이 없는 질문이라 시간이 지나거나 일상생활에 몰두하다보면 어느 사이엔가 잊어버고, 때로는 많은 사색 속에 나름대로의 결론을 짓는다. 하지만 그 결론이 어떠하든 우리는 한정된 시간 속에 존재하도록 운명 지워진 존재라는 사실에 부딪히고, 거기서 각자의 인생관과 삶의 방식이 달라진다.

　리아 루프트는 다음과 같이 묻는다.

　존재한다는 것은 당신이 아닌 사람, 당신이 될 수도 없는 사람, 당신이 원하지도 않는 사람이 되기 위해 스스로를 소모하기에는 너무나 귀중한 사람이라는 의식, 바로 그 의식을 가다듬는다는 뜻입니다. …… 왜 우리는 그 세월에 대하여 그렇게도 많은 두려움을 가지고 있는 걸까요? 무엇 때문에 우리는 그 세월이 미래를 약속하는 무엇이 아니라 어떤 위협으로 보는 걸까요?

작가는 어차피 우리의 삶이 주어진 시간 속에 한정된 그 무엇이라면 왜 그 시간을 보다 유용하게, 즉 나 자신의 행복을 위해 적극적으로 설계하고 살아가지 못하는가라고 되묻고 있다. 그러한 관점을 가지고 보면, 이 세상에 태어나 젊은 시절, 성숙기, 노년기에 이르는 과정이 결코 슬프거나 비극적인 일로 보이지 않을 것이다. 나이 들어가는 것이 오히려 새로운 세계에 대한 경험과 세상에 대한 성숙한 시각을 제공해주는 긍정적인 그 무엇이 될 것이다. 그녀는 왜 시간의 흐름을 있는 그대로, 자연스러운 과정으로 받아들이지 못하고 두려워하느냐고 묻는다. 성숙과 나이 듦이 더 새롭고 풍요로운 삶의 시각과 경험을 가져다주는 기회라는 것이다.

그녀는 성숙의 진정한 의미를 다음과 같이 말하고 있다:

나는 또 성숙이 청춘보다 '더 낫다'거나 나이 듦이 성숙보다 '더 낫다'고 주장하려는 것이 아닙니다. 단지 매 순간이 바로 '나의' 순

간이며 그 순간을 현실로 직시한 채 분명한 사리판단을 가지고 약간
은 과감하게, 그리고 최대한 즐겁게 내가 할 수 있는 최선의 방식으
로 살도록 노력하라고 말하려는 것입니다.

적극적이고 긍정적인 삶을 살 것을 강조하는 그녀의 메시지와
인생관은 우리 인간이 받아들일 수밖에 없는 죽음을 얘기하는 부
분에서 보다 분명히 드러난다. 그녀는 죽음이 공포가 아니라 우리
에게 오히려 삶을 다시 바라보게 하는 기회와 남아 있는 시간을 어
떻게 살아야 할 것인지를 알려준다고 말한다.

죽음의 비밀 가운데 가장 큰 비밀은 '죽음이 삶을 너무나 중요한
것으로 만들어놓는다!' 라는 것입니다. 왜냐하면 우리는 죽을 것이기
때문에, 사랑한다고 오늘 말할 수 있어야 합니다. 그렇기 때문에 그
토록 원하는 것을 오늘 할 수 있어야 하며, 자식이나 친구를 오늘 한

번 따뜻하게 안아줄 수 있어야 합니다. 죽음은 우리를 뒤쫓아다니며 괴롭히지 않습니다. 단지 기다릴 뿐입니다. 왜냐하면 그의 품안으로 달려가는 것은 바로 우리 자신이기 때문입니다.

이 책은, 청소년부터 노년기에 접어든 사람들까지, 우리의 영원한 의문점이면서도 여러 이유로 잊고 있던 삶의 문제를 차분히 재고하게 하는 좋은 기회가 될 것으로 확신한다.

끝으로 이 책의 세심한 편집을 위해 수고해주신 21세기북스 편집부 여러분과, 그동안 많은 대화를 통해 이 책에 대한 이해의 폭을 넓혀준 아내 임은숙 및 누님 두 분께 두루두루 고마운 마음 전하고 싶다.

2006년 7월 박원복

KI신서867

잃는 것과 얻는 것

지은이 리아 루프트
옮긴이 박원복

1판1쇄 발행 2006. 9. 20
1판2쇄 발행 2006. 11. 30

펴낸이 김영곤
펴낸곳 (주)북이십일_21세기북스
책임편집 류혜정
기획편집 김성수 김선미 강선영 이정란 박혜란
영업마케팅 정성진 이종률 최창규 한경일 김용환 정민영
교정교열 오세연
북디자인 에이틴

등록번호 제10-1965호
등록일자 2000. 5. 6

주소 경기도 파주시 교하읍 문발리 파주출판문화정보산업단지 518-3(413-756)
전화 031-955-2100(대표) 031-955-2121(기획, 편집)
팩스 031-955-2151
이메일 book21@book21.co.kr
홈페이지 http://www.book21.co.kr

값 10,000원
ISBN 89-509-0934-0 03890